렌즈에 비친

중국 여성 100년사

美鏡斗 -百年中國女性形象
作者: 李子云

렌즈에 비친

중국 여성 100년사

리쯔윈李子云·**천후이펀**陳惠芬·**청핑**成平 지음 | **김은희** 옮김

어문학사

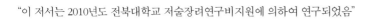

"이 저서는 2010년도 전북대학교 저술장려연구비지원에 의하여 연구되었음"

차례

머리말
누가 시대의 미인을 결정하였는가?

1.1　20세기는 중국 사회에 엄청난 대변화가 일어난 시대이자, 중국 여성의 삶과 형상에 뚜렷하고도 매우 커다란 변화가 일어난 시대였다. 장아이링(張愛玲)은 일찍이 "만청(滿淸) 300년의 통치 아래, 여성들에게는 결코 특별히 언급할 만한 유행 의상이 없었다. 여성들은 대대로 똑같은 옷을 입으면서도 싫증낼 줄을 몰랐다"라고 개탄했다. 사실, 발전이 더디고 단조로우며 변화가 없었던 것은 복장뿐만이 아니라, 그 시대 여성의 전체적인 삶과 형상 또한 그러했다. 중국 여성의 삶과 정신 모두 오랫동안 답답하고 정체된 상태에 놓여 있었다. 그러나 20세기의 복잡하고 혼란한 변화 속에서, 중국 여성은 정신뿐만 아니라 시각적인 형상에 있어서도 이미 전통적인 여성과 비교할 수 없게 되었다. 간단히 말해서, 지난 100년 동안 중국 여성은 사회생활뿐 아니라, 외재적인 형상에서도 이전의 어떠한 시대, 어떠한 세기보다 더욱 복잡하고 중대하며 본질적인 변화를 경험했다.

1.2　하지만 의도적이든 의도적이지 않든, 기존의 문화는 외형적인 형상을 개인적인 신체적 특징, 혹은 치장에 대한 여성 개인의 애호에 따른 것으로 간주했다. 이 때문에 여성 형상의 변화는 바로 형상이 만들어낸 역사이며, 치장하고 시대에 따라 변화하는, 형상과 정신이 모두 갖추어진 '진실한 인간'으로서의 여성은 특정한 시간과 공간에 사로잡힌 '인질'이라는 사실을 분명하게 인식하는 사람이 극히 드물었다.[01] 예를 들어, 시몬느 드 보봐르(Simone de Beauvoir, 1908~1986)는 "여성은 타고난 것이 아니며, 여성의 외재적 형상 역시 천성이 아니다"라고 말했다. 때때로 '유행'은 마치 여성의 내부에서만 진행되는 것 같으나, 진정으로 그들을 쥐락펴락하면서 여성들을 몰려다니게 한 것은 시대의 '보이지 않는 손'이었다. 여성은 결코 자신의 형상과 변화를 스스로 결정할 수 없었다. 그녀들의 '독립'적인 형상과 '쿨(Cool)'한 옷차림 뒤에는 더욱 강력하고 은폐된 시대의 상상과 요구가 있었다. 바로 이러한 의미에서 아래와 같은 프랑스(Anatole France, 1844~1924)의 말은 자못 깨우침을 준다.

　"만약 나에게 내가 죽은 지 100년 후에 출판될 책을 고를 수 있게 한다면, 당신은 내가 어떤 책을 고를지 아는가? … 아니, 나는 미래의 도서 중에서 소설을 택하지도, 역사책을 택하지도 않을 것이다. 역사가 사람에게 모종의 흥미를 제공할 때, 역사 역시 또 다른 종류의 소설에 불과하다. … 내가 죽은 지 100년 후

---

01 '인질(人質)'이라는 말은 류신우(劉心武)의 말로, 「시공에 사로잡힌 인질(時空所捕獲的人質)」(『독서(讀書)』 1995년 제1기)에 보인다.

의 여성들이 어떻게 자신을 꾸미는지 살펴보기 위해, 나는 패션 잡지 한 권을 고를 것이다. 그녀들의 상상력이 나에게 가르쳐줄 미래 인류에 대한 지식은 철학가, 소설가, 선교사 혹은 과학자들 보다 훨씬 많을 테니까."[02]

'인간의 두 번째 피부'로서, 복식은 마음의 소리를 전달하고 형상의 기초를 다졌다. 한편 '시대의 여성'에게 종종 '삶'이란 바로 무엇을 입는가, 혹은 무엇을 입어도 되는가인 듯싶다. 만청 300년 동안 이렇다할만한 유행 의상이 없었으나, 20세기는 중국 여성 옷차림의 황금기로, 각종 패션이 쏟아져 나왔다. 중국 여성의 외형적인 형상 역시 이러한 패션의 뒷받침과 자극 아래, 변화에 변화를 거듭했다. 그러나 복장에 의해서만 형상이 결정되는 것은 아니다. 형상은 외형적인 옷차림과 내재적 기질이 유기적으로 결합된 것으로, 복식과 관련되면서도 복식을 초월하는 것이다. 특정 시기의 복장과 치장, 표정과 분위기, 일거수일투족 등으로 구성되는 여성의 전체적인 형상은 복잡한 정보를 전달하는 중요한 기호이며, 이러한 기호가 표현하는 것은 '형상 그 자체의 역사'일 뿐만 아니라, 시대와 사회변화의 역사이다.

1.3 '형상의 역사'에 촬영이 중요한 역할을 했다는 것은 의심할 여지가 없다. '변천'이 형상의 '역사'화의 관건이라면, 촬영은 바로 이 모든 변천을 '집적'하고 '보존'할 수 있게 해주었다.

---

02 Marilyn Horne(瑪里琳·霍恩), 『복식―인간의 제2의 피부』 (상해:상해인민출판사, 1991), 34쪽.

역사상 수많은 '잃어버'린 여성과 비교할 때, 20세기 여성이 '축복받은' 점은, 바로 촬영이라는 현대적인 기술의 발명을 만났다는 사실이다. 촬영기술의 발명으로 여성들의 모습은 묻혀 사라지지 않고 보존될 수 있었으며, 그녀들의 희노애락 역시 문자에 의지한 묘사와 추측만이 아닌, 직관적인 기록으로 남을 수 있었다. 중국 여성의 형상이 카메라 렌즈에 등장한 것은 촬영기술이 중국에 전해짐과 거의 동시에 이루어졌다. 하지만 촬영기술이 발명된 시대와 함께 하고 있음에도 불구하고, 렌즈 앞에 선 중국 여성들의 운명과 처지는 각기 사뭇 달랐음을 발견하게 된다. 만청의 황후와 후궁들은 카메라 앞에서 '단정하게 머리를 빗고, 깔끔한 옷을 입'은 채, 마음껏 이 최신 문명의 소산물을 누렸다. 예를 들면, 1903년 서태후가 이듬해의 일흔 살 생일잔치를 준비하기 위해 30종 700여 장의 사진을 찍을 때, 하층의 여성들은 하단의 여죄수 사진에서처럼 대부분 기이한 장면을 찾는 자들의 렌즈 속으로 피동적으로 불려 들어갔을 따름이다.

1.4 사실 100년 동안 렌즈 앞에 선 중국 여성의 이러한 '차이'는 훨씬 광범위하고도 심각한 것이었다. 도시 여성의 형상이 패션의 대표가 되었을 때, 그러한 패션에 대한 소도시와 농촌 여성의 추종과 복제는 오히려 '촌티'를 더욱 드러냈을 뿐이다. 사실 차이는 여기에서만 나타나는 것이 아니다. '아름다움(美)'과 '아름다움의 추종'의 배후에는 지연(地緣) 자체, 즉 도시와 농촌의 차이가 이미 일송의 권력의 위계질서를 만들어냈던 것이다. 1920,30년대 이래, 일련의 시대적 흐름 속에서 중국 사회는 이

미 커다란 두 개의 영역으로 나뉘어 있었다. 하나는 새로운 도시 지역이고, 다른 하나는 넓고도 낡아빠진 농촌 지역이었다. 누군 가는 대도시인 상하이와 농촌의 '관계' 및 '간극'을 다음과 같이 묘사한 적이 있다.

"1941년에도 여전히 와이탄(外灘) 중심가에서 아무런 변화도 없는 농촌까지 서너 시간 안에 도달할 수 있었다. 농촌과의 거리 는 10마일이 채 안 되고, 논과 마을은 시내의 모든 빌딩에서 분명하게 보였다. 이는 세계에서 가장 분명하고, 가장 드라마틱한 경계선 중의 하나이다. … 농촌에서는 상하이의 영향을 받은 흔적을 조금도 찾아볼 수 없었다."[03]

도시는 문명의 상징으로, 시대 발전의 제일선을 대표한다. 도시에서 여성들은 사회생활의 최전방 무대로 떠밀리고, 도시의 경제활동에 그녀들의 인력자원이 방출되면서, 여성들은 도시의 공공 공간에서 활약했다. 당연히 도시 여성은 시대의 유행을 이끄는 선두주자가 되었다. 오늘날 100년 중국의 여성 형상을 되돌아보고자 할 때, 가장 눈에 띄는 것이 바로 이 도시 여성의 형상이다. 그녀들의 자태와 얼굴은 그 당시 카메라 렌즈에 가장 많이 들어왔다. 그러나 이는 카메라를 소유한 사람들의 '편견'이라기보다는 역사의 '편애'라고 하는 편이 나을 것이다.

이와 비슷하게 사람들의 이목을 끌었던 것은 신중국이 성립한

---

03 Murphey Rhoads(羅茲·墨菲), 『상하이—현대중국의 열쇠(上海—現代中國的論匙)』(상해:상해인민출판사, 1986).

후 30년 동안, 노동자, 농민, 군인 출신의 여성이 시대 여성의 유
일한 주인공이 되었다는 점이다. 당시의 스튜디오에서는, 초기
에 치파오, 레닌복, 원피스가 공존했고, 공화국 여성의 '젊음의
노래(青春之歌)'가 있었다. 그러나 이후 '남회흑(藍灰黑:남색, 회색,
검정색의 유니폼)' 시대가 도래하면서, 남녀가 모두 '같아'졌다.

1970년대 말, 사상해방운동이 활발하게 전개되는 가운데 오
랫동안 경시되거나 혹은 의도적으로 억제되었던 자아의식과 개
성이 사회로부터 다시 인정받기 시작하면서, 여성의 특징 역시
다시금 주목을 받았다. '여성'은 복식, 헤어스타일, 말투, 일거수
일투족으로부터 또다시 '떠오르'더니, 순식간에 세계화 및 다원
화의 홍수 속으로 빠져들었다.

이 모든 일이 어떻게 일어났을까? '누가' 여성의 형상을 만들
고, 시대의 '미인'을 결정한 것일까? 『중국 여성 100년사』가 여
러분과 함께 이 문제를 탐색해 나갈 것이다.

2.1 역사를 살펴보면 여성 형상과 사회·정치의 변화 사이에
는 대단히 밀접한 관련이 있다. 이 변화는 시대의 변화를 나타
내는 신호일 뿐만 아니라, 어느 정도는 중대한 역사적 사건과 함
께 일어난 것임을 알 수 있다. 현대적인 여성은 '정권교체'와 '패
션'의 변화에 종종 이중적인 민감함과 이해력을 갖추고 있었다.
신해혁명을 전후한 상황이 그 뚜렷한 예라고 할 수 있다. 신해혁
명은 '만주 조정을 타도하자'라는 구호로 만청정권을 전복시켰
다. 다라츠(達拉翅:머리에 쓰던 장신구), 화펀디(花盆底:신발 밑창 중
간에 높은 굽이 있는 신발) 등의 치파오 차림새는 하룻밤 사이에 소

리 없이 종적을 감추었다. 또한 ‘300년 동안 변함이 없었’던 한 족 여성들도 이 기회를 틈타 이전의 모습과 규칙을 바꾸기 시작했는데, 순식간에 머리 장식을 걷어내고, 전족을 푸는 것이 유행했다. 또한 신해혁명을 전후한 10여 년 사이에 중국 여성의 복장 스타일에 전례에 없던 변화가 일어났는데, ‘문명신장(文明新裝)’04, ‘긴조끼(長馬甲)’, ‘피펑(披風 : 부녀자들이 입던 현재의 망토와 비슷한 모양의 외투)’, ‘레이스 치마’ 등 없는 것이 없었다. 중국 여성의 꾸밈새가 이 시기처럼 복잡한 적이 없었는데, 이런 현상의 근본적인 특징은 특별한 격식이 존재하지 않고, 기존의 규정에 얽매이지 않는다는 점이었다.

정치와 패션에 대한 현대적인 여성의 이중적인 ‘민감함’은 20세기 후반 여러 차례 나타났다. 1949년, 양가대(秧歌隊)05가 도시에 들어오면서, ‘상하이탄(上海灘) 미인’을 비롯한 모던여성들은 재빨리 치파오를 벗어던지고 레닌복으로 갈아입었다. 양쟝(楊絳)의 소설 『목욕(洗澡)』에서, 귀국하여 광명을 찾고자 하는 ‘표준 미인’ 두리린(杜麗琳)은 잠시 서양식 투피스를 벗어던지지는 못하지만, 유니폼 두 벌을 마련해 둔다. 혁명 대중이 “어찌하여 두 여사와 우리 사이에 항상 거리가 있는거죠?”라고 묻자, 그녀는 바로 최신식의 레닌 유니폼을 “뜨거운 비눗물에 두어 번 담갔다가, 오래 입어 편안한 듯 걸쳐 입는다”고 했다.

---

04 서양의 새로운 의상. 서양에서 유학하던 학생이나 중국 본토 상류층 집안의 여학생들이 앞장서서 입었고, 이후 도시 여성들이 이런 유행을 따라 입기 시작했다. –역주

05 양가(秧歌 : 중국 북방의 농촌지역에서 널리 유행하는 민간 가부의 일종)를 공연하는 문화 공작대.–역주

2.2 직접적인 정치의 영향 외에, 여성해방사상 역시 여성 형상에 큰 변화를 일으킨 요인 중의 하나라는 것은 의심할 여지가 없다. 20세기는 여성의 권리가 크게 신장된 시기인데, 19세기 말 중국 여성들의 '규방을 벗어나'려는 움직임은 이미 대단히 강렬했다. 『오우여화보 · 해상백염도(吳友如畵寶 · 海上百豔圖)』 가운데에는 여러 명의 규방 여성들이 망원경을 들고 조계 지역을 훔쳐보는 풍경화가 있다. 이 그림은 이제껏 '규방 안에서 자라 아무것도 모르'던 여성이, 변화하는 시대에 전통의 운명을 깨트리려는 갈망을 은연중에 나타내고 있다. 특히 중요한 것은 신해혁명을 전후하여 서양 교회와 혁명당원 등 각종 사회의 역량있는 자들이 전국 대도시에 여학교를 세우면서, 여성해방 열풍이 불었다는 점이다. 1920년대 중반에 이르러 여학생들이 날로 성장하여 학교 교문을 벗어나면서, 자신의 능력으로 사회에 봉사하고, 생계를 위해 일을 하는 최초의 직업여성군이 등장했다. 이 모든 것은 여성의 지위 및 외형적 형상의 변화에 기초를 제공했다. 역사가 보여주듯, 여성이 억압된 채로 남성에게 종속되는 제도 속에서 살아갈 때, 신분의 상징인 복식은 여러 세기에 걸쳐 변함없이 답습되었다. 만청 300년이 바로 그러했다. 그러나 일단 여성이 남자와 동등한 지위를 모색하는 순간, 형상과 복식에는 신속한 변화가 일어난 것이다.

흥미로운 점은, 여성의 옛 신분의 상징을 타파하는 혁명의 선봉에 선 사람들이 만청의 기녀들이었다는 것이다. 그녀들만이 당시 아무런 거리낌 없이 찻집, 극장, 공원 등 각종 공공장소에 드나들 수 있었다. 폭넓은 사회활동과 비교적 느슨한 예교의 속

박 덕분에, 그녀들은 가장 먼저 옛 규범을 종종 공격할 수 있었던 것이다. 사실 사회, 복식, 계급에 대한 만청 기녀들의 반발은 '혁명' 이전에 이미 발생했다. 그녀들의 '기이한 복장'은 평범한 여성들의 의상과 치장에 폭넓은 영향을 끼쳤다. 1898년 〈신보(申報)〉에 실린 글에 따르면, 1860,70년대에는 평범한 여성과 기녀들의 옷차림이 구분되었으나, 1890년대에 이르러 '여성의 옷은 기생들의 변화를 좇고, 모두들 기녀들의 옷차림을 따르'는 풍조가 사회적으로 유행하였기에, 옷차림만으로는 간단하게 양자를 구분할 수 없게 되었다고 한다.[06] 만청의 상하이 기녀들은 패션의 변화에 기민하고 대담하게 대응했다고 할 수 있다. 이와 같은 기민함과 대담함은 사회적 동요에 매우 상징적인 지수를 제공했다. 어느 복식문화사가는 일찍이 "연회복과 같은 여성 복장이 갑자기 몸에 꽉 끼는 바지로 변하거나 혹은 이전의 예절 기준을 내팽개친다면, 깨어 있는 사회평론가는 이를 진정한 사회 동란의 표지로 간주할 수 있을 것"이라고 말했다.[07] 신해혁명을 전후하여 중국 사회와 중국 여성의 복식 상황이 서로 완벽하게 일치하지는 않더라도, 상당 부분 이러한 견해를 증명한다면, 군벌의 말발굽을 뒤쫓아 비틀비틀 따라가던 여성의 패션은 시대의 심미 변화를 나타낼 뿐만 아니라, 사회 변동과 혼란의 상징이기도 한 것이다.

---

06 『상해통사·만청사회(上海通史·晚清社會)』 (상해：상해인민출판사, 1991) 제8장 참조.

07 Marilyn Horne, 앞의 책, 135쪽.

2.3 그렇지만 20세기 중국의 여성 형상의 변화에서 대단히 중요한 점은 평범한 여성과 특수한 지위의 기녀 가운데 누가 변혁의 선봉을 담당했는가가 아니라, 모든 변화가 새로운 구조 속에서 비롯되었다는 사실이다. 19세기 중엽 이래 서구자본주의의 상업문명은 거함과 대포의 '인도'를 따라 거친 파도가 해안을 덮치듯 점점 옥죄어왔고, 상하이 등 무역항이 잇따라 세워짐에 따라 서양의 각종 화물이 끊임없이 들어와 중국의 거대한 시장을 점령했다. 만청 상하이 기녀들의 대담하고 창조적인 복장은 상당 부분 서양의 물건을 가장 먼저 사용할 수 있는 데에서 비롯되었다. 청(淸) 광서(光緖) 중엽 이후, 그녀들 가운데 치장하기를 좋아하던 여성들이 안경을 끼고, 손목시계를 차는 일은 이미 상당히 보편적인 현상이었다. 청 말 민초(民初)시기에 이르러 기녀들이 기계로 짠 면사와 모직물로 옷을 지어입는 일은 한층 더 흔했으며, 스타킹, 양산, 향수, 스카프 등의 장식품들도 사용되었다.[08]

사실 100년 중국의 여성 형상은, 전통에서 현대로 변화하는 과정에서 사회·정치, 여권사상으로부터 촉진되고 고무되었으며, 현대 문명의 강력한 지지와 '부추김'을 받았다. 외국과의 통상이 자유로워진 이후, 서구자본주의는 중국에 대단히 쉽게 파고들었다. 19세기 말 중국에 와서 영국황실원예학회에 찻잎을 들여가던 식물학자는 상하이에 대한 관찰사항을 다음과 같이 보고한 적이 있다.

"상하이는 중화제국의 대문으로, 거대한 토산물 무역 시장이

---

08 『상해통사·만청사회』, 앞의 책, 제8장 참조.

다." "상하이항에는 크고 작은 각종 선박들이 운집하여 내륙의
운수를 담당한다. 항구가 개방된 이래 이러한 선박은 대량의 찻
잎과 명주실을 운반해왔고, 또한 교환하여 얻은 구미의 공예품
을 가득 싣고 되돌아갔다." ………… "상하이는 한커우(漢口), 쑤
저우(蘇州), 난징(南京) 등과 가까워 매우 유리한 조건을 갖추고
있다."09

　　사실 이것은 서구자본주의의 물질문명이 중국에 진입하는 노
선이기도 했다. 지리적인 이유로 말미암아, 상하이는 서구문명
이 중국에 들어오는 시발역이었다. 1854년 상하이에는 이미 외
국인이 경영하는 최초의 백화점이 있었다. 제1차 세계대전 기간
구미 각국이 전쟁으로 분주할 때, 중국의 민족자본도 발전하기
시작했다. 1913년 오세아니아의 화교 황환난(黃煥南)과 궈러(郭
樂)가 귀국해 최초로 투자한 곳도 외국인이 경영하는 대형 백화
점이었다. 1917년에는 황환난의 셴스(先施)공사가 먼저 문을 열
었고, 이듬해에는 궈러의 융안(永安)공사가 영업을 시작했다. 난
징루에 우뚝 솟은 이 두 백화점의 건립은, 중국인이 경영하는 글
로벌 백화점의 서막을 열었을 뿐만 아니라, 상하이의 상공업을
전례 없는 번영기에 접어들게 했다. 1925년과 1936년에는 상하
이에 대형 백화점인 신신(新新)공사와 따신(大新)공사가 개장됐
다. 한편, 외국인이 경영하는 유명한 훼이뤄(惠羅)공사도 1913년
에 이미 세워져 있었다. 이즈음 상하이에는 각종 대형 백화점마
다 저마다의 화려함을 다투는 양상이 펼쳐지기 시작했다. 1930

<hr>

09 Murphey Rhoads, 앞의 책, 81쪽.

년대에 이르러 상하이는 이미 세계적으로 유명한 극동의 제1 대도시가 되었다. 『상하이대전(All about Shanghai)』과 같은 영문판 서적은 감탄 섞인 어투로 "상하이의 번화가 중심에 서 있으면, 상하이를 동방의 파리라고 해야 할지, 아니면 파리를 서양의 상하이라고 해야 할지 모를 정도이다(What odds whe ther Shanghai is the Paris of East or Paris the Shanghai of the Occident?)"라고 말하고 있다. 상하이를 처음 방문한 모험가 혹은 관광객은 다음과 같은 찬사를 쏟아냈다.

"최신식 롤스로이스가 난징루를 지나, 옥스퍼드대로(Oxford Street)나 5번가(Fifth Avenue) 및 파리대로(Paris Street)에 맞먹는 백화점의 아름다운 문 앞에 멈추어 선다! 관광객은 항구에 도착하자마자 자기네들 고향의 온갖 상품이 상하이의 백화점에서 광고되거나 판매되고 있음을 발견하게 될 것이다. 사파리룩과 BVD(남성의 속옷 브랜드명)속옷이 함께 진열되어 있고, 우비강(HOUBIGANT, 프랑스의 화장품명) 향수 아래에는 FLORSHEEIM 신발이 고객의 시선을 사로잡는다. 상하이 백화점의 이러한 세계적 구도는 중외(中外) 상점 앞에서 '글로벌 공급업자'라고 큰소리치기에 충분하다.[10]

바로 이와 같은 시공간 속에서, '모던여성'이라는 새로운 형상이 탄생했다. 1930년대 '현대화', '현대문명' 등과 같은 어휘가

---

10 리어우판(李歐梵), 『상하이모던:중국에서의 신도시 문화(上海摩登一種新都市文化在中國)』 (옥스퍼드대학출판사, 2000) 제1장 참조.

중국에서 유행함에 따라, 영어의 'MODERN'을 음역한 '摩登'은 특별히 시대의 특색과 '선진성'을 갖춘 사물을 나타냈다. 모던여성은 당대의 생활과 유행의 선봉에 선 여성들을 가리키는 말로, 문명의 최신 성과와 함께 현대적인 겉모습을 지닌 도시 여성을 대표했다. 그녀들의 등장은 확실히 당시 유행하던 사회의 소비형태 및 상업의 발전과 밀접한 관련이 있었다. 이때 상하이의 대형 백화점에서는 전 세계 모든 최신·최첨단의 상품을 살 수 있었다. 또한 구미의 최신 상품이 상하이에 초고속으로 등장하면서 상하이의 현대적인 여성들은 아무런 걱정 없이 제때에 유행을 좇을 수 있었다. 하지만 이 모든 것은 모던여성들이 '선진'적이고 영민하다고 하기보다는, 자본의 '마력'이자 승리라고 말하는 편이 나을 것이다.

한 경제학자의 관련 연구에 따르면, 1928년부터 1936년에 이르는 동안 중국 사회에는 전쟁이 빈번하게 일어났지만, 현대공업의 평균 성장률은 여전히 8.4%에 달했다고 한다.[11] 마오뚠(茅盾)의 장편소설 『한밤중(子夜)』에서, 민족공업의 발전에 힘쓰던 우쑨푸(吳蓀甫)는 다음과 같이 원대한 포부를 밝히고 있다. "그들은 그들의 전구, 보온병, 양산, 비누, 고무장화를 가지고 중국의 방방곡곡을 빠짐없이 돌아다녔다!" 다시 말해 1920,30년대의 중국은 외래 자본이든 본토의 민족상공업의 발전이든, 모두 도시의 '운치'를 갖춘 여성이 자신의 사회기초와 소비의 '대표'가 되기를 절박하게 원하고 있었다. 사회 및 가정에서의 특수한 지위

---

11 Parks M.Coble(小科布爾), 『상하이자본과 국민정부(上海資本與國民政府)』(중국사회과학출판사, 1988), 9쪽.

로 인해 여성 자체는 사업가들이 애써 추종하고 '포장'하는 대상
이 되었을 뿐만 아니라, 소비의 '형상적 대표'라는 사명까지 부
여받았다. 코닥필름에서 융베이(永備)건전지, 필립스 무선전자
제품까지, 코카콜라, 메이리파이(美麗牌)담배에서 퀘이커(Quaker)
오트밀, 럭스(Lux)세수비누, 콜게이트(Colgate)치약, 4711구룽
(四七一一古龍)향수까지 …… 이처럼 최신 문명을 대표하던 상품
가운데, 당시 모던여성들에 의해 '소비'되지 않았던 상품이 어디
에 있는가?[12]

3.1 여성을 중심으로 이루어지는 소비 과정은 어느 정도 자
본과 각종 사회 역량이 시대의 미인을 '만드'는 과정이기도 했
다. 청말 민초, 여성 형상은 이미 나날이 발전해가는 상업문화
로부터 주목을 받았는데, 바로 달력광고가 분명하고도 흥미로
운 한 예이다. 처음에는 외국 상인들이 상품을 광고하기 위해 달
력광고를 들여왔는데, 20세기 초가 되자 중국에서 유행하기 시
작했다. 광고 방식은 외국 상인이 외국에서 인쇄를 한 후 들여
와 상품과 함께 증정되었다. 광고 그림은 서양 인물이나 풍경
이 대부분이었다. 1911년, 브리티시 아메리칸 토바코(BAT:British
American Tobacco)는 중국 현지에서 달력광고를 인쇄하기 위해 최
초로 오프셋인쇄기를 도입했다. 1915년 이 회사는 다시 상하이
푸둥(浦東)에 상당한 규모의 미술학교를 설립하고, 상품을 전문
적으로 홍보·선전하는 미술·촬영 인재를 양성했다. 이와 동시

---

12 이상의 상품광고는 모두 당시의 달력과 기타 신문·잡지 등의 기간물에서 볼 수 있
    다.

에 회사는 홍보부를 설립하고, 외국의 전문 디자이너 외에도 중국의 화가를 초빙했다. 이리하여 중국의 산수, 인물, 풍속, 역사가 '물 건너'온 달력광고 안으로 들어오기 시작했다. 브리티시 아메리칸 토바코의 이와 같은 영향 아래, 난양(南洋)형제담배공사와 중파(中法) 약국 등과 같은 다른 중외(中外) 자본들도 잇달아 홍보부를 설립하거나 혹은 직접 상하이 화가들에게 달력광고를 주문·제작했다.

그렇지만 달력광고의 진짜 중요한 개혁은 광고의 '본토화(本土化)'가 아니라, '시대 풍조화'이다. 사실 중국 화가들이 달력광고의 창작에 진출한 초기, 감각 있는 상하이파 화가들은 머나먼 이국의 미인들을 중국 전통의 미인들로 대체했을 뿐 아니라, 재빠르게 시대의 새로운 경향에 주목했다. 당시 적지 않은 수의 달력광고가 현대적인 여성의 아름다운 복장과 새로운 사회 풍조 및 에티켓을 묘사의 중점으로 삼았고, 이러한 시대 미인의 원형에는 기녀들이 꽤 많았다. 1920년대를 전후하여 여학생이 시대의 풍조를 이끄는 대표가 되면서, 상하이파의 달력 화가들은 새로운 창작을 시도했다. 이들이 여학생을 표현의 중심으로 삼으면서, 광고 속의 여학생들은 종종 당시 서양 여성들과 마찬가지로 다리를 드러내고, 간혹 가슴을 드러내면서 수영을 하거나, 말을 타고, 활을 쏘거나 공놀이를 하는 등 각종 현대적인 활동을 하기 시작했다. 1930년대에 이르러 눈 깜짝할 사이에 달력광고의 중심은 종전의 꽃다운 나이의 여학생이 아닌, 풍만하고 섹시한 모던주부들로 바뀌었다. 이는 소비 욕구의 확대에서 볼 때, 상대적으로 자주권이 있는 주부들이 여학생들보다 뚜렷한 소비력을 갖고 있었고, 주부들의 성숙한 모습 또한 신상품을 대표하는 데 더 적합했기 때문이었다. 흥미로운 점은 달력 화가들의 붓끝에서 주부들은 모던의 대표였지만, 남편을 내조하고 자식을 교육하는 것은 여전히 그녀들의 중요한 직책이었다. 어쩌면 이 역시 달력 화가들의 상상이 아니라, 사회의 기대이자 사회가 정한 지위일 것이다.

시대 미인의 창조가 다양한 요소들이 결합된 결과임을 인식한 다면, '기술', 즉 달력광고 특유의 찰필담채법(擦筆淡彩法) 역시 주목할 만한 부분이다. 이른바 찰필담채법이란, 흑연가루로 종이에 데생의 틀을 그리듯이 밑그림을 그린 후 여러 가지 수채물감을 칠하는 것이다. 이 화법은 1910년대 초 항저우(杭州) 화가 정만투어(鄭曼陀)가 처음 고안해 사용했다. 그러나 이 화법은 사실 시대의 산물로, 상하이파 상업 화가들이 과도기에 부지런히 서양의 명암, 입체감, 색채를 배운 결과였다. 그리하여 상하이파 화가의 달력광고는 전통 세화(歲畵:설날 때 실내에 붙이는, 즐거움과 상서로움을 나타내는 그림)로부터 탈피한 흔적이 뚜렷하지만, 찰필담채법은 서양화법을 혼합하여 미인들을 선명하고 부드러우면서 만져질 듯 섬세하게 그려내어 도시적 모습을 더욱 돋보이게 해주었다. 여기에 흘러 넘치는 여성스러움과 이로 인해 물씬 풍겨 나오는 '사랑스러움'은 한 시대를 넘나드는 도시 모던여성의 바탕색 혹은 표지가 되었다. 사실 달력광고가 도시와 농촌 곳곳으로 널리 보급됨으로써 광고 속의 형상은 소도시 혹은 더욱 광대한 농촌의 여성들이 모방하는 대상이 되었으며, 그 영향력은 시간이 흐를수록 더욱 강해졌다.

3.2 달력의 미인들이 상하이파 화가의 지식 배경과 심미사상을 상당 부분 구현했다고 한다면, 영화는 더욱 '서구적'인 시대미인에 관한 본보기를 제공했다. 영화가 중국에 유입된 것은 영화가 발명된 시기와 거의 동시에 이루어졌다. 1895년 프랑스인 뤼미에르(Lumière) 형제가 영화를 발명했는데, 1년 후인 1896년 8월에 상하이의 쉬웬(徐圜)의 여우이춘(又一村)에서 '서양그림자극'이 상영되었다. 이후 베이징, 상하이 등지에는 공연도 할 수 있고, 영화도 상영할 수 있는 극장이 들어섰다. 1927년의 관련 통계에 따르면, "중국에는 현재 106곳의 영화관, 총 68,000개의 좌석이 있다. 영화관은 18개의 대도시에 분포되어 있으며, 이 대도시들은 대부분 무역항이다."[13] 이 106곳 가운데 상하이에 있는 영화관은 26곳이었다. 1930년대 말에 이르러 상하이의 영화관은 이미 약 36개로 늘어났고, 이중에는 '아시아의 ROXY(당시 미국의 초호화 영화관)'로 불리던 난징대극장과 백만 원을 넘게 투자해서 개조한 신따광밍(新大光明)영화관, 궈타이(國泰), Olimpic, Empire 등의 일류 영화관이 있었다. 상하이는 영화의 '천국'이 되었고, 가장 선진적인 시설을 갖추었다. 이와 동시에 할리우드 등 구미 영화가 상하이에 대량으로 들어오면서 '구미의 거의 모든 대형 제작사가 상하이에 대리점과 발행인을 두었'고,[14] 상하이 영화관은 매년 대략 400여 편의 서양영화를 상영했다.

새로운 예술과 오락 형식으로서 영화는 사람들의 신기함을 불러일으켜 호기심을 충족시켰을 뿐만 아니라, 모던한 생활을 선

---

13 리어우판, 앞의 책, 제3장 참조.
14 위와 같음.

전하는 최고의 도구였다. 영화를 통해 각종 복장, 헤어스타일, 거주환경, 소비 장소, 사회의식을 대중에 선보일 수 있었고, 서양의 여러 유행풍조도 영화를 통해 전해졌다. 또한 1930년대는 중국 영화의 발전기로, 톈이(天一), 밍싱(明星), 렌화(聯華) 등 중국의 주요 영화사가 차례로 설립되면서 영향력 있는 여배우들도 등장했다. 어쩌면 직업적인 이유로 사회의 평범한 여성들과 비교할 때, 여배우들은 구미의 유행 풍조에 대해 훨씬 마음이 통했는지도 모른다. 그녀들은 서양의 유행을 부지런히 추구했고, 이는 상당 부분 그녀들 개인의 명예를 이루는 일부가 되었다. 구미 유행 풍조는 여배우들과 유행을 좇는 다른 여성들에게 흡수·모방·개조되었으며, 나아가 전국의 대도시인 톈진(天津), 베이징, 광저우(廣州), 한커우(漢口) …… 홍콩, 동남아 등 해외 각지에까지 영향을 미쳤다. 구미 영화, 구미 여배우 및 중국의 여배우들은 이러한 연계 방식으로 사회의 평범한 여성들의 미적 구조에 '체계적'인 자원 혹은 '본보기'를 제공했다.

3.3 솔직히 말해, 20세기 상반기 중국의 여성 형상의 '형성'에 가장 많이 참고된 것은 서양이었다. 1930년대 이래 중국 여성의 표준 복장이었던 치파오가 1920년대 말 등장한 것은 사실 당시 구미의 유행 풍조와도 깊은 관련이 있다. 1920년대 초, 서양에서 가장 유행하던 여성의 몸매는 남성과 가까운 유선형 몸이었다. 이는 제1차 세계대전 중에 서양의 부녀자들이 기존에 남성들이 담당하던 작업과 부서를 맡게 되면서, 그 역할과 인식에서 모두 변화가 일어났기 때문이다. 다른 하나는 당시 발전하

기 시작한 현대예술의 영향이다. 당시 자동차, 마천루 등 어느
것 하나 유선형의 심미적 경향을 드러내지 않은 것이 없었다. 이
로 인해 서양 여성들은 몸매가 유선형으로 보이도록 애씀으로
써, 복장 스타일에서는 튜뷸러(tubular, 튜브 모양)가 유행했다. 이
렇게 서양에서 유행한 여성 복장의 '계몽' 아래, 본래 만청 제국
을 상징하던 치파오도 치파오 자체의 '튜뷸러' 형태에 기초하여
새로운 생기를 얻고, 혼란 속에서 두각을 나타내기 시작했다.

  20세기 초의 중국 여성은 10여 년간의 끊임없는 변신과 시도
끝에 마침내 시대적 가치와 개인의 신분을 상징할 수 있는 기본
적인 복장 스타일을 얻어냈다. 그러나 '깨달음'은 결코 여기에서
멈추지 않았다. '새로 태어난' 치파오는 끊임없이 변화하는 서양
의 모던한 분위기 아래에서 한 차례 또 한 차례의 '개량'을 거듭
했다. 1920년대 서양 여성은 허벅지를 드러낸 채 활기에 차 넘
쳤지만, 등과 가슴을 드러내지는 않았다. 그러나 1930년대에 이
르러 서양 여성들의 등이 파인 이브닝드레스는 종전에 드러내지

않았던 부위를 노출하게 되었다. 이와 연관되거나 '변주'된 것은 중국 여성의 치파오의 허리품이 더욱 조여들고, 가슴라인이 등장했으며, 옆선은 거의 엉덩이 아래까지 터졌다는 점이다. 관련 연구에 따르면, 1920년대 중반 서양 여성의 치마 길이는 지금까지의 역사 가운데 가장 짧았다고 한다. 1929년부터 1932년 사이에 치마의 길이는 1인치, 1인치씩 점점 길어져 무릎 위에서 종아리까지 길어졌고, 이후 1930,40년대에는 일정한 길이를 유지했다. 1936년부터 1939년 사이에는 치마 길이가 다시 무릎까지 짧아지면서, 3년 후에는 치마 길이가 다시 길어질 것이라고 예상했으나, 파리가 독일에 점령됨에 따라 전쟁으로 직물이 부족해져 구미 패션은 제약을 받게 되었다. 이로써 패션의 변화는 갑자기 중단되어 버렸다.[15] 그러나 이 역시 중국의 여성 복장, 즉 치파오가 30년대에 겪은 변화의 리듬과 '선율'이라 할 수 있으며, 다른 점은 약간의 '시차'일 뿐이었다.[16]

　3.4　19세기 중엽 나라의 문이 열린 이래로, 국제관계가 나날이 밀접해지고 도시화 과정이 급속하게 진행됨에 따라, 시대의 미인을 만들어내는 사회 시스템은 이미 상당히 성숙해졌다. 이로써 세계의 온갖 상품, 달력광고, 할리우드 영화, 구미 패션 등이 거대한 힘으로 중국 여성의 '새로'운 형상을 만들어냈음을 어렵지 않게 발견할 수 있다. 이와 동시에 선진 예술, 화보의 유행

15　Marilyn Horne, 앞의 책, 215쪽.

16　〈양우〉 화보 1940년 1월호(총 제150기)는 「치파오의 선율(旗袍的旋律)」이라는 제목으로, 역대 치파오의 길이 변화를 기록했다.

등도 의도하였든 의도하지 않았든 이 새로운 형상을 만들어 내는 데 일조했다. 1915년 류하이쑤(劉海粟)가 주관하여 상하이미술전문학교에서 최초로 인체모델을 사용하였는데 이 일은 커다란 파문을 일으켰다. 1920년에 미술전문학교의 서양화과에서 또다시 인체모델을 고용하면서 더욱 거센 비난을 받았다. 여성의 나체는 이때부터 예술 탐구의 대상이 되었을 뿐만 아니라, 일종의 유행으로서 사회생활의 영역으로 들어왔다. 유명한 항즈잉(杭稺英)화실 등은 광고업체의 요구에 따라 나체 미인의 달력광고를 제작했다.

1926년에는 '중산층'과 유행을 대표하는 〈양우(良友)〉화보가 창간되었다. 〈양우〉는 세계뉴스, 사회 시사, 구미의 최신 유행 등 특별란 혹은 전문보도란을 개설하여, 각종 문명·풍족·진보를 선전하는 가운데, 새로운 사회가 인정하고 바라는 여성 형상을 만들어갔다. 화보는 매호마다 영화배우, 이름난 미인, 유명한 부인 등 모던인물을 표지 인물로 삼는 것 외에도, 전문적으로 '소가정학(小家庭學)'란을 개설하여 관련 지식과 기술을 실었다. 이에 평범한 중산층 여성들이 어떻게 견식 있고 정감 넘치는 여성이 되어, 가사일과 손님 접대에 두루 능한 '표준 여성'이 될 수 있을 것인지를 지도했다. 이러한 과정 중에 '명원(名媛)'이라는 새로운 신분과 호칭이 생겨났다. 20년대 말의 〈양우〉화보에서, 유명인사의 딸은 대부분 '여공자(女公子)'라고 불렸는데, 1930년대에 이르러서는 이 '명원'이라는 호칭이 유행한 것이다. '원(媛)'이란 단어는 중국의 사전에서 오래전부터 존재했으며, 현대 상업 문명에 의해 포장된 중산층 혹은 부르주아지의 여성을 지칭

하는 말로, 시대가 만들어낸 것이었다. 사실 당시의 명원들은 집안에만 머물고 바깥출입을 하지 않는 규방의 아가씨가 아니었고, 오히려 대부분 사교계의 스타에서 패션모델의 역할까지 담당했다. 30년대 각 대도시에서 유행하던 패션쇼의 상당 부분은 바로 영화배우와 이른바 명원들이 공동으로 맡았다. 이름에서도 알 수 있듯이, '명원'의 조건 중 하나는 명문 가문의 출신이라는 점이다. 그러나 그때그때 이러한 역할을 담당했던 이들의 대다수는 막 일어나기 시작한 부르주아지 혹은 중산층 여성들이었다. 이에 마치 그녀들에게 더욱 '합법'적이고 확실한 지위를 부여하기라도 하듯, 1930년 상하이에서는 상당히 큰 규모의 명원 선발대회가 개최되었다. 이 대회에서 융안(永安)공사의 궈(郭)씨 집안 큰딸이 우승을 차지했고, 동시에 '미스 상하이'라는 칭호도 획득했다.[17] 이즈음 부르주아지의 여성들이 정식으로 '명원'이라는 호칭을 얻어 각종 사교장소에서 활약하였을 뿐 아니라, 순식간에 한커우 명원, 톈진 명원 등이 잇달아 등장하여 각종 패션화보의 표지인물과 속표지를 점령하였고, 도시에 미인선발대회라는 새로운 바람도 불기 시작했다. 상하이는 청말 민초 이래 여러 차례 '화계장원(花界壯元)'이라는 선발대회를 거행했다. 이전에 열렸던 '화방(花榜)'이 옛 문인의 낡고 진부한 분위기를 풍겼다면, '미스 상하이'선발은 새로운 '대도시의 모던'한 색채를 띠었다. 1933년 〈명성일보(明星日報)〉는 '영화황후(電影皇后)'를 선정하는 행사를 거행했고, 후디에(胡蝶)가 21,334표로 당선되었다. 이런 풍조와 메커니즘은 심지어 여학생들에게까지 영향을 미쳤다.

---

17 〈양우〉 화보 1930년 2월호 참조.

이전에는 상하이 여학교에서 가장 성대한 날이 운동회였으나 이제는 '퀸'선발이 더해졌으며, '퀸의 사진'의 포즈와 표정이 화보의 어떤 배우를 닮았는지가 여학생들에게는 가장 큰 관심거리가 되었다.

　4.1　미국 학자 로즈 머피(Rhoads Murphey)는 그의 유명한 저서인 『상하이—현대중국의 열쇠(上海—現代中國的鑰匙)』에서 이렇게 밝히고 있다. 즉 "중국의 경제 변혁은 중국 민족주의 운동과 마찬가지로, 황푸쟝(黃浦江)가에서 현대의 싹을 틔웠다. … 이의 성장은 끊임없이 확대되던 변혁을 전국적으로 드넓혔다." "현대 상업, 금융, 공업도시의 최후의 성숙단계를 논하자면, 상하이는 중국에서 이미 발생한, 그리고 앞으로 발생할 일을 설명하는 데 열쇠를 제공했다."[18] 마찬가지로, 상하이의 모던여성의 대두와 몰락은 20세기 중국의 여성 형상의 변화를 잘 설명해주고 있다. '미스 ××'의 선발을 예로 들면, 상하이의 '시범' 역할은 매우 뚜렷하다. '미스 상하이'가 탄생한 이후, '미스 톈진', '미스 한커우' 등도 생겨났다. 흥미롭게도 1932년에 선발된 '미스 톈진'은 백러시아계 여성이었다. '미스 상하이'의 탄생은, 결국 '미스 USA'의 '복제품' 혹은 변이에 지나지 않았다. 중국의 현대화가 진행됨에 따라 무한한 권력 네트워크는 여성의 형상에 나타났고, 다음과 같은 그림 혹은 '순위'로 드러났다. 즉 상하이의 모던여성은 서양을 본보기로 하여 구미의 패션이 변할 때마다 그녀들 사이에서 '허리케인'과 같은 반응을 일으켰다. 이것은 마치 당대

---

18 Murphey Rhoads, 앞의 책, 5쪽.

물리학의 카오스이론의 '나비 효과', 즉 아마존 밀림의 나비 한 마리의 단순한 날갯짓이 북아메리카에서 허리케인을 일으키는 것과 같았다. 다른 한편, '허리케인'의 여파 혹은 '복제품'은 본토의 다른 대도시나 소도시 여성들의 모방 대상이 되었다. 중국 사회의 경제 및 현대화 발전의 불균형은 다시 한 번 여성의 형상 변화에서 입증되었다.

4.2 주의를 끄는 점은, 20세기 중국의 모던여성은 현대화 혹은 현대적인 '기표(signifiant)'로서, 사회 발전의 '표징'일 뿐만 아니라, 동시에 자본운동의 기호 중 하나라는 것이다. 1920, 30년대에 맹렬한 기세로 생겨난 담배광고가 단연 돋보이는 예이다. 형형색색으로 사람들의 눈을 어지럽히는 담배광고에는 '중국제'와 '외제'를 막론하고 대부분 연기를 뿜어내는 현대적인 여성이 등장했다. 하타먼(Hatamen, 合德門)광고에 큰 글자로 쓰인 "그녀들은 말한다. 아무리 피워 봐도 역시 그(他)가 좋군"은 '그(他)가 좋다'는 것이지, '그것(它)이 좋다'가 아닌데, 한 글자 차이로 '현대'적이라 할 만한 의미를 표현한다. 이제껏 남성으로부터 평가받았던 것은 여성이었는데, 이제는 여성이 남성을 평가하게 되었다는 것이다.

이로써 사회 내에서의 여권 신장을 짐작할 수 있다. 그렇지만 동시에 20세기 전반기 브리티시 아메리칸 토바코가 중국에서 취득한 이윤이 4억 달러에 달한다는 사실에 주목한다면,[19] 소위 '모던' 혹은 '여권'이라는 것도 자본운동의 또 다른 표현에 지나

---

19 장옌펑(張燕鳳)의 『옛 달력광고(老月份牌廣告)』를 참조.

지 않음을 금방 알 수 있다.

　5.1　마치 이 모든 것에 대한 반발인 양, 혹은 이 모든 것에 대한 '필연'적인 결과인 양, 이후 혁명의 시대에 모던여성은 거의 다 사라져버렸을 뿐 아니라, 여성의 외형적인 성별 특징도 점차 최저 수준으로 감소했다. 프롤레타리아의 독재가 나날이 강화됨에 따라, 사회 대통일의 요구에 의해 여성은 행동규범과 사회적 역할뿐만 아니라, 의복이나 체력에서도 점차 남성과 동일한 기준을 요구받았다. 20세기 상반기에 중국 여성 형상의 변화가 상당한 정도로 물질문명 및 이와 관련한 현대적 담론의 지지를 받았다고 한다면, 20세기 하반기, 특히 신중국이 성립된 이후 30년 동안의 여성 형상의 형성은 정치적 이데올로기에 의해 조정되었다. 신중국은 여성에게 전무후무한 새로운 형상을 가져왔다. 초기의 시대적 화랑에는 알록달록한 온갖 잡다한 색들이 넘쳐났으며, 이러한 현상은 건강하고 명랑한 여성 형상의 산생을 촉진하였으나, 이후 '여성미'에 관한 기준은 급속히 중성화, 심지어는 무성화(無性化)로 전변했다. 투박하고 소박한 여성은 날로 '혁명성'이 분명한 대표로 여겨졌고, '멋 내기를 좋아하'고, 개성이 풍부한 여성은 오히려 종종 '부르주아지의 썩어빠진 사상'자로 낙인찍혔다. 자신의 성별과 '아름다움'에 대한 여성의 태도는 어느새 혁명의 여부를 판단하는 지표가 되었다. 폐쇄적인 환경과 이데올로기의 제약 및 사회의 물적 자원 부족으로, 1950년대부터 중국 여성은 이렇게 한 걸음 한 걸음 중성 혹은 심지어 '무성'의 상태로 나아갔다.

5.2 1970년대의 극좌적 정치가 성행하던 시기에, 여성은 하나의 독립적이고 분명한 성별 특징을 지닌 존재로서 더 이상 존재하지 않았으며, '남녀는 다 같다'라는 시대적 담론이 양성간에 필요한 차이를 소멸시켰다. 그러나 시대의 변혁과 현대화의 부르짖음에 따라, 낭만적이고 매혹적이며 아름다운 자태의 MODERN여성이 30년 만에 다시 '표면으로 떠올랐'다. 우후죽순처럼 생겨난 '서비스 걸', '별장에 거주하는 여성', '외자 기업의 중국 아가씨', '선전(深圳)의 여성들'[20] 및 최신 유행의 '신신인류(新新人類)', 이들 스크린 속 혹은 현실생활 속에서 뛰노는 '현대여성'은 모두 생동감 넘치고 '호소력' 있는 '현대화'에 관한 서사와 상상을 새로이 구축하고 있었다. 동시에 사람들에게 현실과 역사에 대해 다시금 깊은 생각에 잠기게 했다.

오늘날 21세기의 도래에 즈음하여, 시대 여성과 사회 및 현대화의 관계는 다시 한 번 세인의 주목을 받았다. 어떤 자태와 용모가 여성의 자아와 21세기의 도래에 어울리며, '글로벌화'의 발걸음과 조류를 좇아갈 수 있을까? 21세기의 중국 여성은 다시 한 번 시대의 세례와 '창조'를 겪게 될 것이다.

6.1 이 사진집은 현실 속의 여성과 예술(광고 포함) 속의 여성을 포함하여, 20세기 각 시기의 대표적이고 시대적 의의를 지닌 여성 형상을 모은 것이다. 시대 여성의 진실한 형상은 우선적으로 현실생활에서 비롯된 여성이지만, 예술창작 속의 형상이 흔히 더욱 선명하고 집중적으로 시대의 요구와 상상을 대표했다.

---

20 여기에서 열거하는 것들은 모두 동명의 연속극이 있다.

이러한 영상의 상당 부분은 과거에 공개 출판된 잡지 및 기타 출판물에서 구했다. 사회의 공공 공간의 일부분으로서, 한 시대의 공개출판물은 그 시대의 이상과 경향을 반영하고 대표하며, 그렇기에 비교적 강한 역사적 느낌을 지니고 있다. 또 다른 일부는 이전에 발표되지 않은 개인 앨범에서 구했는데, '권위적 저작'에는 보이지 않는 이들 영상은 공개적인 발표물의 '시대성'을 보충하고 검증하는 한편, 시대의 유행과는 상이한 또 다른 진실을 우리에게 가져다 줄 수 있을 것이다.

6.2 사진 한 장의 촬영과 보관은 대단히 우연적이기는 하지만, 일정한 수량, 이를테면 수천 장 혹은 수백 장의 사진을 한데 모아두면, 일종의 '역사적 필연' 혹은 상대적으로 명백한 실마리를 드러낸다. 백년 중국의 여성 형상의 변화 과정도 군체(群體)로서의 여성들이 시대의 발전 속에서 전통에서 현대에 이르는 과정이자, 정치·경제·문화 등 다양한 요소의 작용 아래 여성의 심신체격과 정신면모 및 심령의 역사에 선명하고도 곡절 있는 변화가 일어난 과정이기도 하다. 이것은 형상의 변천사이자, 사회의 각종 권력이 '시대의 미인'을 창조해낸 역사이다. 만청의 기녀에서 도시화의 진행에 따른 형형색색의 모던여성에 이르기까지, 다시 신중국 성립 후의 여성 형상, 나아가 21세기의 글로벌화를 배경으로 한 FASHION GIRL과 '신신인류'에 이르기까지, 이 변화와 진전이 분명하게 드러내는 것은 사회풍조와 심미관점의 단순한 변화가 아니라, 자본, 물질문명과 기술 그리고 이데올로기 등의 각종 권력이 미시적 운동을 진행한, 생동적인 역사이

자 기호의 구현임을 우리는 알게 되었다. 20세기 중국 여성 형상의 변화보다 더 생동적이고 직관적으로 백년 중국의 변화를 반영하고 그것의 수많은 의미를 포함할 수 있는 것은 없을 것이며, 어쩌면 여성 형상의 변화는 직관성이 풍부한 백년 건축물에 비거도 좋으리라.

역사는 사회의 거센 변화 속에 존재하고 있을 뿐 아니라, 어린 소녀의 찡그림, 미소, 소매 주름에도 남아 있다.

물론 당신과 나의 이해 속에도 존재한다.

기녀와
여자협객

어떤 의미에서 말하자면, 20세기 중국 여성이 지난날의 신분 상징을 개혁한 혁
명은 만청의 기녀로부터 시작되었다. 기녀들은 당시 사회에서 유일하게
행동의 자유를 누린 집단이었으며, 폭넓은 사교활동과 비교적 느슨한
예교의 속박 덕분에 흔히 유행의 선두주자가 되어 천하에 앞장설 수
있었다.

사회의 문화를 상징하는 것 중의 하나로서, 여성의 치장은 예로부터 봉건등급제도의 엄격한 제약을 받았다. 남녀유별은 뿌리 깊은 문화관념으로, 사회의 삼강오륜(三綱五倫)의 예교에 깊이 새겨져 있을 뿐만 아니라, 여성의 장식에 대한 요구에도 체현되어 있다. 예로부터 중국 여성은 세 갈래로 빗은 머리와 위아래로 나뉜 옷을 입은 모습으로 대표되어 왔다. 이런 모습은 만청 시기까지 계속되었다.

당시 팔기(八旗:청대 만족의 군대조직과 호구편제) 여성의 긴 옷차림을 제외하고, 일반적인 한족의 여성 복장으로 성행한 것은 품이 넓은 옷으로, 흔히 대오(大襖:솜을 넣은 길고 두터운 옷), 중오(中襖:짧은 저고리), 소오(小襖:허리까지 오는 짧은 솜옷이나 겹옷)의 세 단계로 이루어져 있다. 아오즈(襖子:안을 댄 중국식 저고리)에는 '삼양삼곤(三鑲三滾)'·'오양오곤(五鑲五滾)'·'칠양칠곤(七鑲七滾)'[01]의 차이가 있고, 양(鑲)과 곤(滾) 이외에도 여러 가지 꽃무늬와 '란간(闌干:여자 옷의 레이스 따위의 장식)' 등의 장식이 있다. 대중소의 삼오(三襖) 이외에도, 검은 비단으로 넓은 테를 두른 '옛날 부녀자가 어깨에 걸치던 조끼'가 있다.

전통적인 여성미의 이상은 연약함을 아름다움으로 여겨, "어깨선은 깎은 듯 매끄럽고, 허리는 흰 비단을 두른 것 같"아야 하는데, 전족은 이러한 '이상'의 극치이다. 그러나 겹겹이 입은 옷과 무겁고 번잡한 장신구 보따리의 중압 아래, 여위고 왜소한 어

---

01 양(鑲)은 옷의 가장자리에 테를 두르거나 가선을 대는 것을 가리키며, 곤(滾)은 옷단에 바이어스를 덧대거나 선을 두르는 것을 가리킨다. 흔히 여성의 복장에서 넓은 테를 두르는 것을 양이라 하고, 좁은 테를 두르는 것을 곤(滾)이라 하기도 한다. -역주

깨, 가느다란 허리, 평평한 가슴의 표준 미녀는 거의 사라졌다. 그리고 허리 아래에 방울을 매다는 치마장식도 거의 '접근금지' 의 대명사가 되었다.

청대의 뾰쪽한 전족 가죽신발

몸이 속박 혹은 억압을 받으면, 숨쉬는 것과 사고하는 것도 동시에 억압을 받는다. 전통 여성에게 가해진 모든 억압과 그 생존 상황은 그녀들의 신체 장식물에서 금방 엿볼 수 있다. 감싸 맨 작은 발, 무겁고 번잡한 복식은 그녀들의 신체와 정신이 외부세계로부터 차단되었음을 상징한다.

그런데 마침내 변혁이 일어났다. 20세기 초 중국의 사회 정세는 급변했고, 느닷없이 신해혁명이 일어났다. 황제를 폐위시키고 민국을 세웠으며, 옷의 스타일을 바꾸고 머리를 잘랐다. 각종 사회 역량을 갖춘 자들이 다투어 여학교를 세웠으며, 이에 따라 여권사상이 제기되었다. 이 모든 것이 전통적인 여성 형상의 변화에 절호의 기회를 제공했다. 이리하여 청말부터 민초에 이르는 10여 년간 중국 여성의 치장은 전례 없이 다양하고 복잡한 양상을 드러내게 되었다.

만청은 최후의 봉건왕조로서 철저하게 전복되었고, '다라츠, 화펀디' 등 팔기녀의 치장은 갑자기 사라졌다. 이때에 여성들의 단발(斷髮)에 대해서도 이미 말들이 터져나왔으나 아직 유행하지는 않은 채, S모양으로 빗어 쪽진 머리, 이마에 가지런히 늘어놓은 앞머리, 땋은 머리가 유행했다. 전통의 머리장식품을 이미 떼어버린 대신에, 생화를 살쩍에 꽂거나 서양의 빗으로 쪽을 쪘다. 모던한 복장에도 전에 없던 천진난만하고도 경쾌한, 이른바 "선녀인 듯 나팔관 모양의 소매를 살랑살랑 나부"꼈다. '문명신장

만청의 치파오는 복식 디자인의 장식을 중시할 뿐, 인체의 곡선을 경시함을 볼 수 있다.

(文明新裝)'이라는 복장은 원래 유학생이 일본으로부터 들여온 것인데, 일반 여성들이 모던하다고 여겨 잇달아 모방했다.

이와 동시에 전통적인 복장 또한 끊임없이 새로워졌다. 몇백 년간 지배했던 품이 넓은 옷에 대한 반작용으로, 상의가 좁아지고 꽉 끼기 시작했으며, 몸에 꼭 맞고 좁은 소매가 유행했다. 1912년을 전후해 가장 유행하고 모던한 여성의 옷차림은 모던 드레스(Modern Dress)라 불리는, 짧은 상의에 바지를 맞춰 입는 옷이었다. 물론 이것은 같은 시기의 서구 여성들 사이에 때마침 유행하던, 바지를 입던 풍조와 무관하지 않았다. 미국 여성 블루머(Bloomer)는 일찍이 1851년에 활동하기 편리한 여성의 바지 복장을 디자인했는데, 20세기 초에 이르러 여성의 자전거 타기 운동이 일어나서야 바지 복장은 비로소 서구 여성에게 널리 받아들여졌다.

사실 '서양 바람이 불던 시절'에, 중국 여성의 복식개혁에서의 영감은 대부분 서양에서 비롯된 것이었다. 옷깃은 낮게 내리거나 아예 없애버려 목을 드러냈다. 옷의 목둘레는 원형, 사각형, 하트모양, 금강석모양으로 파내었고, 옷의 앞자락은 둥글었다 뾰족해졌다 했다. 서양식의 외투, 원피스, 하이힐, 스타킹, 스카프, 도수 없는 안경 등의 수입품 역시 최신 유행을 선도하는 일부 여성들이 직접 사용해보기도 했다. 중국 여성의 외모 치장은 이제껏 이때처럼 번잡했던 적이 없었는데, 이러한 치장의 근본적인 특징은 의외로 격식이 없고, 규칙에 사로잡히지 않았다는 점이다. 중국과 서양이 병존하고, 여러 가지 양식이 뒤섞여 있을 뿐 아니라, 쉼 없이 신속하게 변화했던 것이다.

이렇듯 여성들이 옛 신분의 상징을 개혁하는 혁명을 일으키는 가운데, 맨 먼저 부딪친 이들은 '유행의 선봉'이라 할 만한 기녀였다. 그녀들의 특수한 신분과 지위로 말미암아 당시에는 기녀들만이 전혀 거리낌 없이 찻집, 극장, 공원 등의 여러 공공장소를 드나들 수 있었다. 폭넓은 사교 활동과 비교적 느슨한 예교의 속박 덕분에, 그녀들은 늘 유행을 앞서갈 뿐만 아니라, '천하에 앞장설 수 있었다.'

우리가 알고 있다시피, 서로 다른 복식은 통상 상이한 사회계급 및 통치의 요구를 대표해왔다. 그것을 '혼란'시키고 나아가 변화시키는 것이 사회하층계급의 무의식중의 요구가 되었다. 이러한 '무의식의 소동'은 사회 격변기에 늘 혁명의 동력이자 신호 중 하나가 된다. 사실 지위가 낮은 기녀의 복식 등급이라든가 기타 사회규범을 넘어서는 행동은 일찍이 만청 시기에 이미 발생했다. 『점석재화보(點石齋畫報)』에는 손님을 접대하는 기녀들의 모습을 그린 그림 한 폭이 있다. 이 그림 속의 옷차림은 전혀 규범적이지 않다. 즉 만주족 여인의 복장, 일본 여인의 복장, 한족의 남장, 여도사 복장, 남성 양복, 여성 양장 등 없는 것이 없다. 청말 민초에 일찍이 '웬바오링(元寶領)'이라는 저협고령(抵頰高領:볼에 닿을 정도의 높은 옷깃)이 유행했는데, 기녀 사이에서 특히 성행했다.

'변혁' 속의 시대 미인은 서구적임과 동시에 중국적이다. 발은 망사 모양의 서구식 검정 가죽구두를 신고 있으나, 몸매와 얼굴은 여전히 고전적이다. 부채를 잡고 뺨을 물렸으며, 가슴을 오그리고, 고개를 끄덕이는 자세를 취하고 있다.

어떤 의미에서 20세기 중국의 여성 형상의 변천은 만청 시기의 기녀로부터 시작되었다고 할 수 있다. 사회의 일반 여성들도 늘 기녀의 치장을 모방 대상으로 삼았으니, 이른바 "고운 단장에 어여쁜 옷차림은 기녀를 본떴다"고 할 수 있다. 당시 풍조의 변화에 대한 만청 기녀의 추구는 민감하고도 대담했으며, 이러한 민감함과 대담함은 사회를 요동시켜 상징성이 넘치는 지수를 제공했다. 급속하고도 복잡한 복식의 변화는 당시의 전반적인 사회변혁을 예고해주었다. 지난 300년간 고인 물처럼 정체되어 있던 사회 상황에서 여성의 외모 치장은 실질적인 변화가 없었으나, 20세기 초의 변화무상한 풍운은 여성의 복식에 극심한 변화를 가져왔음을 어렵지 않게 알 수 있다.

그러나 이러한 과정 가운데 그녀들의 얼굴에는 오히려 질적인 변화가 거의 없었다. 그녀들의 고운 단장과 어여쁜 복장은 늘 색다른 모습을 하고 있으나, 이 시기의 여성들은 귀족 부녀든 기생이든 안색이 대체로 생기 없이 모호했고, 거울 앞에서의 표정 역시 흔히 '자중'하는 모습으로 구속되어 있었다. '자중'은 규범의 준수에서만 비롯되는 것이 아니라, 단정하고 현숙함은 전통 여성의 이상적인 형상이었던 것이다. 설사 예법에 속박되지 않는 기녀일지라도 동시효빈(東施效矉)[02]을 숙녀상으로

02 미인인 서시는 심장병으로 눈썹을 찡그리며 아픔을 참았는데, 같은 마을의 추녀는 이를 아름답다고 여겨 서시의 찌푸림을 흉내냈다는 이야기에서 유래하였다. 남의 결점을 장점인 줄 알고 본떠서 더욱 나빠짐을 의미한다.─역주

받아들이지 않을 수 없었다. 이렇게 하는 것 외에 그녀들은 한시라도 다른 표정을 지을 수 없었기 때문이다. 다시 말해 여성의 형상 변화에서 복식을 하나의 발단과 표징으로 삼는 것은, 시대의 촉구이자 시대의 한계이기도 하다.

사회적 혼란은 여성에게 낡은 신분 상징을 타파할 동력과 가능성을 제공했으나, 몇천 년의 봉건제도 아래 만들어진 그녀들의 정신을 하루아침에 변화시키지는 못했다. 치장의 혁명은 사회 변혁의 소식을 전달했으나, "날로 새로워지고 달라지는 패션의 발전이 반드시 활기 넘치는 정신과 참신한 사상을 표현하는 것은 아니며, 기타 활동 영역의 실패로 인하여 모든 창조력이 의복의 영역 안으로 흘러들었다. 사람들은 그들의 생활 여건을 개선할 수 있는 능력이 없었고, 단지 그들의 신체에 붙은 환경만을 창조해낼 수 있을 뿐이었다."[03]

서양풍이 유행하는 가운데, 양장이 자연스럽게 중국 여성들의 선택 대상 중 하나가 되었다.

그 시기 여성의 복식에 대한 전례 없는 민감함은 바로 그녀들의 심신의 속박이 여전히 심각했음을 의미한다. 새로운 표정, 새로운 기질 그리고 더 나아가 일거수일투족의 변화 모두가 신문화의 진일보한 육성과 자양을 기다려야 했으며, 진정으로 활기찬 여성의 출현은 다음의 역사단계에 이르러서야 나타날 수 있었던 것이다. 이렇듯 여성의 외양 또한 어찌 하루아침에 바뀔 수 있었겠는가?

이리하여 모던 드레스와 짝하여 함께 나타난 것은, 흐느적거리는 폭이 좁은 바지통 아래로 "발 같기도 하고 아닌 것 같기도 한 전족을 한 여자의 발이 미안한 듯 조심스럽게 땅을 밟고 있는

---

03 장아이링(張愛玲)의 『갱의기(更衣記)』.

모습이다."04 그 시기의 일부 혁신적이고 개방적이던 여성의 외면적 치장은 이미 상당히 서구화하였으나, 오그린 가슴과 끄덕이는 머리, 축 처진 어깨는 여전히 그녀들의 중요한 신체적 특징이었다. 서구식 장식과 전통적인 체형은 불균형의 여성을 만들었고, 이는 그녀들의 생기 없이 어두운 표정과 함께 시대의 혼란과 동요를 상징했다.

이러한 어둡고 불분명한 상황 속에서 일찍이 신해혁명기에 등장한 치우진(秋瑾)은 마치 봄을 알리는 한 마리의 제비처럼, 시대 여성의 삶과 형상이 더욱 많은, 그리고 더욱 본질적인 변화를 일으키고 있다는 신호를 알려주었다. 치우진의 본명은 치우룬진(秋閏瑾)이고, 스스로 경웅(競雄) 혹은 감호여협(鑒湖女俠)이라 일컬었다. 관리 집안의 출신인 그녀는, 시화에 능한 어머니에게서 어릴 때부터 대갓집 규수의 훈련을 받았다. 그러나 그녀는 시문사곡(詩文詞曲)을 숙독하고 바느질, 자수 등 여자의 일을 할 뿐만 아니라, 검술과 말 타기를 잘하고, 학식과 포부 및 기세도 보통의 대갓집 규수보다 훨씬 뛰어났다. 그녀는 일찍이 규방의 여자 친구에게 다음과 같이 속마음을 토로한 적이 있다. "사람이 세상을 살면서 어려움과 위기를 구해야 마땅할 터인데, 어찌 평생 자질구레한 일만 할 수 있겠는가?" 시대의 변화와 국운의 위기는 사회를 변혁하고자 하는 그녀의 열정을 더욱 타오르게 했지만, "세상사람 가운데 누가 나의 포부를 알아주리오?"라고 그녀는 탄식했다. 1904년 변혁의 역량과 진리를 찾기 위해 치우진은 시집갈 때 가지고 갔던 혼수품을 팔아 그 돈으로 일본으로 건너

---

04 위의 책.

갔다. 중국동맹회가 동경에서 창립되었던 1905년 당시, 치우진은 지도자 계층 가운데 유일한 여성이었다. 그 후 그녀는 온몸과 마음을 다해 만청 통치를 타도하는 정치 변혁에 투신했다. "우리 여성을 생기발랄하게 하고 정신을 분기시키며 대지를 치달려 대광명의 세계로 들어서게 하는" 것이 그녀의 여성에 대한 이상이자, 자신의 인생에 대한 추구였다. 끓어오르는 투지와 각성된 의식 및 사회 변혁에 대한 적극적인 투신과 개입은, 혁명 전야에 처했던 이 비범한 여성을 광명정대하고 호쾌하며 독립적인 인격체로 성장시켜 전통적인 여성의 연약한 형상을 일거에 바꾸어 놓았다. 바로 치우진의 출현으로 말미암아, 혹자는 이것을 지표로 삼고, 중국 역사상 진정으로 현대적 자질과 의식을 갖춘 여성의 형상이 나타나기 시작했다고 말했다. 치우진은 자유에 대한 추구 그리고 자신의 붉은 피로 민족을 구원하겠다는 기개로써 전통적인 '여협(女俠)'에 참신한 의미를 부여했다. 일찍이 남장과 일본식 옷차림을 했던 치우진은 "몸은 남자의 대열에 낄 수 없지만, 마음은 오히려 남자보다 뜨겁다"는 말로써 세상과 맞설 웅지와 사회 개혁의 결심을 밝혔다.

전통 여성의 생존 상황은 그녀들의 몸치장에서 분명하게 읽어낼 수 있다. 꼭 싸맨 작은 발, 칙칙하고 번잡한 복식은 그녀들의 몸과 정신이 외부세계와 단절되어 있음을 상징한다.

①

②

③

① 만주족과 한족 부녀자들 가운데, 한족 부녀자들 모두 전족을 하고 있다.
② '삼촌금련'('발꿈치에서 발끝까지의 길이가 세 치(9㎝) 정도로 작으면 금으로 만든 연꽃과 비슷하다'고 해서 '삼촌금련'이란 말이 생겼다.–역주)
③ '삼촌금련(三寸金蓮)'과 '대문을 나서지 않고 중문을 내딛지 않는' 전통 여성의 생활방식, "전혀 바깥출입을 하지 않는" 생활방식은 서로 일치한다.

①② 플란넬 모자와 차미륵(遮眉勒)을 쓴 만청의 여인. 차미륵은
   이마에 덮어 쓰는 두건으로서, 흔히 방한용이나 장식용으
   로 사용되었다.
③ 후스(胡適) 부인 장둥슈(江冬秀)의 젊은 시절.
④ 소매가 넓은 장삼을 입은 청말 양무파의 수장 리훙장(李鴻章)
   의 부인과 딸.

① 현대출판가이자 〈생활(生活)〉주간의 창시자인 저우타오펀(鄒韜奮)의 어머니 차(査)씨.
② 여작가 삥신(冰心)의 어머니 양푸츠(楊福慈)(가운데).
③④ 귀부인의 초상(청말 민초). 광동과 광서 지역의 화가의 눈에 비친 청말 민초의 부녀자 초상화 두 폭은 복식이 정교하고
　　복잡한데, 얼굴은 오히려 서구적 분위기를 띠고 있다. 무엇이 이 화가의 상상과 한 시대의 화풍에 영향을 주었을까?

변혁은 마침내 도래했다. 20세기 초 중국 여성의 치장은 전례 없이 복잡한 모습을 드러냈다. 그러나 그녀들의 얼굴에는 질적인 변화가 거의 없었다. 표정은 모호한 채 분명치 않았으며, 거울 앞에서의 표정조차 종종 자연스럽지 못했다.

① 목걸이, 양산과 스타킹은 이후에도 상당히 오랫동안 모던여성들의 전유물이었다. 그런데 당시 모던함과 짝을 이루었던 것은 바로 "발 같기도 하고 발 같지 않기도 한 것이 송구스러운 듯 살포시 땅을 딛고 있었다"던 전족이었다. 상업화가들의 묘사는 무의식중에 시대적 진실을 드러내고 말았는데, 여성 형상의 '머리는 무겁고 발은 가벼움'이 상징하는 것은 바로 시대적 혼란과 불균형이다.
② 1910년을 전후하여 상의 저고리와 하의 바지로 맞춰 입는 것이 가장 유행하는 스타일이었다. 광서 중엽 이후, 기녀들 가운데에는 '장식용 손목시계'를 차는 것이 이미 상당히 보편적이었는데, 손목시계를 오른손에 찼다.
③ 향수와 파우더는 이미 만청 기녀들의 생활과 매우 밀접했고, 당시 이런 수입품의 광고 역시 대부분 기녀들을 대상으로 했다.

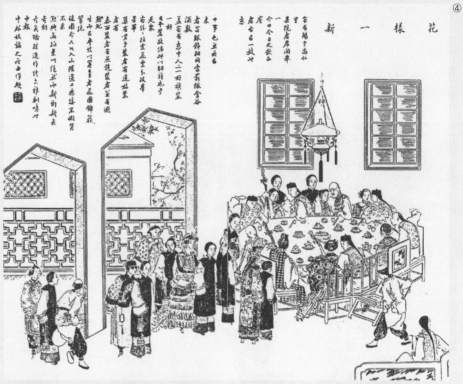

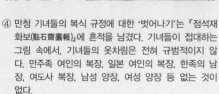

④ 만청 기녀들의 복식 규정에 대한 '벗어나기'는 『점석재 화보(點石齋畵報)』에 흔적을 남겼다. 기녀들이 접대하는 그림 속에서, 기녀들의 옷차림은 전혀 규범적이지 않 다. 만주족 여인의 복장, 일본 여인의 복장, 한족의 남 장, 여도사 복장, 남성 양장, 여성 양장 등 없는 것이 없다.

⑤ 20세기 초의 기녀 '십미도(十美圖)'를 살펴보면, 대부분 옷깃이 볼에 닿을 정도로 높은 웬바오링(元寶領)인데, 이것이 바로 당시 유행하던 것이다.

⑥ 비행기를 탄 상하이 명기(名妓).

⑦ 변혁 중의 시대 미인의 장식은 이미 새로운 풍조를 띠 고 있었으나, 몸의 자태와 얼굴은 오히려 여전히 고전 적이다.

①

②

③

① 1902년의 청말 명기 싸이진화(賽金花).
②③④ 청말의 기녀.

④

① 신해혁명을 전후한 시기, 기녀들이 카메라 앞에서 취하는 자세 역시 너무 단정하고 부자연스럽다. 앞머리와 살쩍머리를 한데 모아 제비꼬리 같은 머리스타일을 만들었는데, 이것이 당시 유행했다. 이 사진의 모델은 청나라 예기(藝妓)인 동주쥔(董竹君)으로, 그녀는 훗날 유명한 진장(錦江)호텔의 설립자가 되었다.

② 청말 민초, 경운대고(京韻大鼓 : 북경에서 발생한 것으로, 북으로 박자를 맞추면서 말과 노래를 섞어가며 이야기하는 설창)를 연창하는 여자 예인(藝人)들.

③ 1920년대 초 상하이의 비교적 지위가 높은 기녀인 '女校花'이다. 이들의 소박한 치장은 "기녀들이 여학생을 흉내낸다"는 당시의 기록과 딱 들어맞는다.

④ 1908년 담배 광고에서 어느 여인이 파티 초대장을 전해주고 있는데, 당시 여성의 생활상의 일면을 보여주고 있다.

①

②

③

④

①

②

③

④

⑤

① 청나라의 마지막 황후인 완룽(婉容)이 궁중에서 자전거를 배우고 있다.
② 그네에 걸터앉은 청말 궁녀.
③ 청말 상하이 부녀자의 옷차림.
④ 단발과 소매가 넓은 치파오는 1920년대의 '표준 장식'이었다. 긴 조끼와
  소매에 레이스가 달려 있는 옷을 입은 뒷줄 맨 왼쪽 여성은 당시의 모던
  여성이다.
⑤ 청말 민초에 널리 유행한 눈썹까지 가린 긴 앞머리는 기녀로부터 시작되
  었다고 한다.

① 이미 능숙하게 전화를 사용할 수 있었던 민국시대의 여성들이지만, 카메라 앞에서의 표정에는 생기발랄함이 없다.
② 패션 복장의 일종.
③ 두 세대의 부녀자들.
④ 1925년의 청뚜(成都) 여성들.

①② 1910년대에서 1920년대 초까지의 상하이의 새로운 패션.
③ 품이 넓은 전통 옷에 대한 반작용으로 민국 초의 여자 상의는 몸에
　꼭 맞게 바뀌었다. 동시에 목걸이와 스카프 등은 이전에 '보석으로
　머리를 가득 치장'하던 것을 대신하여 새로운 장식 언어가 되었다.
④ 1920년의 전족.
⑤ 1900년 유럽의 새로운 스타일의 복장이 중국 여성의 몸에 걸쳐진
　채 더욱 모던함을 드러내고 있다.
⑥ 1919년의 혼례복 : 문명신장(文明新裝)에 웨딩 면사포를 더했다.

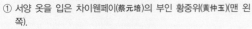

① 서양 옷을 입은 차이웬페이(蔡元培)의 부인 황중위(黃仲玉)(맨 왼쪽).
② 전통 의상을 입은 차이웬페이의 부인 황중위(왼쪽에서 두 번째).
③ 진장호텔의 설립자인 동주쥔은 1914년 혁명당원 샤즈스(夏之時 : 신해혁명 이후의 쓰촨성 도독)와 상해에서 결혼할 때, 프랑스 스타일의 드레스를 입고, 머리 손질 역시 프랑스식의 땋아 올린 머리를 했다. 일설에 따르면, 프랑스는 유럽에서 가장 먼저 군주제를 폐지하고 공화제를 실행한 국가였기에 혁명당원들 모두가 프랑스의 기풍을 흠모하고 모방했다고 한다.
④ 이빨 모양의 레이스를 두른 치마를 입고 함께 춤을 추는 풍조는 확실히 1920년대 유럽의 시대 풍조에서 영향을 받은 것이다.

54

民國 초 모던한 원피스를 입은 여성이 추는 춤 역시 모던한 서양식 사교춤이다.

감호여협(鑒湖女俠) 치우진과 여성계
의 다른 선구자들의 출현은, 여성 형상
의 변화에 새로운 동력과 정보를 가져
다주었다.

① 치우진(秋瑾, 1875~1907년), 원명은 치우룬진
　(秋閨瑾)으로, 스스로 경웅(競雄) 혹은 감호여협
　이라 일컬었다. 중국동맹회의 초대 회원으로,
　지도층 가운데 유일한 여성이었다. 1907년 안
　휘성과 절강성에서 반청(反淸)기의를 조직했다
　가, 청나라 정부에게 살해당했다.
②③ 치우진의 남장 사진: "몸은 남자의 대열에
　낄 수 없지만, 마음은 오히려 남자보다 뜨거
　워라."

①

②

③

① 중국 여성운동의 선구자 허샹닝(何香凝).
② 쑹칭링(宋慶齡, 오른쪽), 쑹아이링(宋藹齡, 왼쪽)과 어머니 니
꾸이전(倪桂珍, 가운데).
③ 쑹칭링은 1893년에 태어났으며, 1913년에 중국민주혁명의
선구자인 쑨중산(孫中山)을 따르기 시작하고, 1915년에 쑨중
산과 일본에서 결혼했다. 이것은 두 사람의 결혼사진이다.
④ 1920년대의 송씨 세 자매: 쑹아이링(가운데), 쑹칭링(왼쪽),
쑹메이링(宋美齡, 오른쪽).

① 유명한 기자이자, 경보사(京報社) 사장인 사오퍄오핑(邵飄萍)의 부인 탕슈후이(湯修慧)는 이후 경보사 사장직을 이어받았다.
② 만청 대신 위껑(裕庚)의 딸 더링(德齡, 아버지를 따라 외국사절로 나간 적이 있음)의 남장 사진.
③ 신해혁명 중의 상해중화민국 여국민군.

③

02

풍모와
재능이
으뜸이던
五・四期의
여학생들

만청의 기녀로부터 시작된, 낡은 형상을 개혁하려는 중국 여성의 변혁은
여학생들이 출현하고 개입해서야 진정으로 신세기에 들어서는 청춘
영상을 지니게 되었다.

앞서 말한 바와 같이 1910년대부터 '문명신장(文明新裝)'이라는 최신 스타일이 유행했는데, 이 스타일로 멋지게 뽐을 냈던 이들은 '五·四' 전후의 여학생이었다. 짧은 상의에 폭넓은 치마, 검정 신발에 흰색 양말, 거꾸로 핀 나팔꽃처럼 펄럭이는 소매 등은 젊은 여성들의 청춘의 생기발랄함과 자연스런 산뜻함을 돋보이게 하여, 변화하는 사회에 활기와 신선한 낭만을 가져다주었다. 만청의 기녀로부터 시작된, 낡은 형상을 개혁하려는 중국 여성의 변혁은 여학생들이 출현하고 개입해서야 진정으로 신세기에 들어서는 청춘 영상을 지니게 되었다. 물론 새로운 형상을 구성하는 것은 '문명'의 옷차림뿐만 아니라, 심신과 체격, 정신과 기질, 더 나아가 일거수일투족의 새로운 창조이다.

형상의 새로움은 먼저 '발의 해방'과 관련되어 있다. 신해혁명을 전후하여 서양 교회와 중국 민간에서 전족을 폐지하자는 요구가 나날이 고조되었고, 여학생들도 이와 같은 분위기에 놓여 있었다. 다행히 먼저 교육의 기회를 쟁취한 극소수의 중국 여성들은 일반적인 전통 여성보다 훨씬 일찍 전족의 악습에서 벗어나게 되었다. 1912년 중국 여성 형상의 변화사 가운데 대서특필할 만한 것은 쑨중산(孫中山)이 이끄는 국민정부가 전국에 전족 금지를 촉구하는 명령을 내림에 따라, 수백 년간 이어져온 여성에 대한 잔혹함과 속박이 마침내 '법령'상으로 폐지되었다는 사실이다. 여성 성 인식에 대한 특이한 대상이 되었던 전족은 이렇게 그 '합법성'을 상실하게 되었다. 개방된 풍조의 상하이와 같은 연해지구에서는 민국년대 이후 태어난 여자아이들에게 대개 전족을 하지 않는 것이 사회적으로 자연스럽게 인정되었다. 전

웨슬리언 여자학원에서 공부하던 때의
쑹칭링(宋慶齡).

족의 고통을 겪을 대로 겪은 어머니와 할머니 세대에 비해, 이 시기의 여성들은 행운의 세대라 불릴 만했다. 전족을 '운명'으로 받아들인 어머니 세대는 그녀들이 생활하고 성장했던 시기에 이미 활동 무대를 상실하고 말았다. 발의 해방이 곧 인간의 해방을 의미하는 것은 아니었으며, 단지 인간의 해방에 필수적인 한 걸음에 지나지 않았다. 살아가는 세계가 내딛는 걸음마다 제약을 받을 때, '해방'은 발로부터 시작되지 않을 수 없는데, 발의 해방은 확실히 '전체에 중요한 영향을 미치기' 때문이다.

훼손당하지 않아 자유롭게 걸을 수 있는 천연의 발은 신시대의 여성 형상에게 안정된 출발점을 제공했을 뿐 아니라, 예전처럼 '머리는 무겁고 다리는 허약한', 신체가 불균형한 여성이 발을 딛고서 스스로 똑바로 서게 함으로써 그녀들의 운명을 바꾸는 기초가 되었다. 집을 나와 공부를 하고, 친구를 사귀며, 스포츠활동에 참여하는 등의⋯⋯모든 탐구와 인생의 길은 발아래에서 시작되지 않은 것이 없었다.

발의 해방이 가져온 생활의 변화는, 도시의 상업미술에 분명하고도 신속하게 반영되었다. 청말 민초에 여성의 형상은 날로 흥성하는 상업문화로부터 많은 관심을 받았고, 사회가 시대 미인을 만들어내는 실천이 이미 시작되었다. 그 시기에 미인을 광고하는 그림 대부분은 한결같이 아름다운 여성의 장식, 예를 들면 머리장식과 옷 그리고 치장 등을 묘사하는 데 중점을 두었다. 이들 미인의 원형은 기녀가 적지 않았는데, 장식은 최신 유행이라 할지라도 몸짓이나 말은 꽃을 꺾거나 부채를 쥐는 등의 전통 양식을 벗어나지 못했다. 운동하는 여성을 그린 그림이 출현하고서야 이러한 기존의 격식은 타파되었다. 1920년대를 전후하여 한때 유행한 달력광고 등의 상업미술은 이전의 전통적인 미인에 대한 치중에서 벗어나, 여학생들이 당시 즐기던 활동, 이를테면 수영, 승마, 활쏘기, 댄스, 거문고 연주, 구기, 사교 등을 주제로 하는 광고화를 대량으로 창작했다. 이렇게 생동감 넘치는 활동은 건강한 여성만이 감당할 수 있음은 말할 나위도 없다. 여성이 규방을 벗어나 사회를 향해 나아감에 따라 생활의 범위는 차츰 열렸으며, 발의 해방은 기본적인 조건이 되었다. '폐쇄'와 '개방'은 본디 발을 떼느냐의 여부에 달려 있을 따름이었다. 운동하는 여성을 그린 그림은 어쩌면 사실 그대로를 그려낸 것이 아니라, 상당 부분 화가들의 상상일 뿐이지만, 대단히 생동감 넘치게 사회 풍조의 변화를 표현한 것이다. 와일드(Oscar Wilde)가 "삶이 예술을 모방하는 것이 예술이 삶을 모방하는 것보다 많다"고 말했듯이, 여성 형상의 변천은 때로는 바로 이렇게 만들어지는 것일까?

여학생은 우뚝 선 빼어난 자태와 세속을 벗어난 기질로써 사람들의 시선을 끌었고, 기생을 대신하여 시대의 대표가 되었다. 마치 풍조의 변화가 일순간에 일어난 듯했으나, 사실은 어느 정도 역사적인 정세 변화와 마주했던 것이다. 1844년 기독교 런던회가 닝뽀(寧波)에서 중국 최초의 여학교를 설립했다. 이후 감리교 등도 푸저우(福州) 등의 통상항에 여학교를 설립했다. 당시 사람들의 여학교에 대한 반응은 이러했다. 즉 "당신은 말에게 글을 가르칠 수 있습니까? 그럴 수 없다면, 어떻게 여자가 책을 읽고 글자를 읽는 것을 기대할 수 있겠습니까?" 사실 최초의 교회 여학교 역시 그저 자선적 성격을 띤 여아 문맹 퇴치반일 뿐이었으며, '여학생'이라는 이 신시대의 푸른 묘목의 최종적인 성장에 비추어본다면, 아직은 단단한 과일의 씨를 땅에 묻은 정도나 다름없었다. 1870~1880년대에 이르러 여성의 입학에 대한 사회적 편견이 비로소 점차 약화되고, 여학생의 숫자도 크게 증가했다. 교회의 여학교도 무료에서 유료로 바뀌었다. 받은 학비가 처음 단계에서는 아직 상징적인 의미만 지녔으나, 여성이 교육을 받는다는 것이 정당하고 가치 있는 일로 여겨졌음을 보여주었다. "여성은 재능이 없음이 미덕"이라는 문화관념이 뿌리 깊이 박혀 있는 나라에서 갖가지 어려움에 처해 있을 때, 다행인지 불행인지 마침 교회 여학교가 중국 여성을 위해 최초로 구학의 문을 열어주었다. 교회 여학교가 수십 년간의 실천 속에서 점차 형성하고 추진해온 교육시스템과 교육과정은 중국 여성의 전통 형상을 근본적으로 변화시키는 기초가 되었다.

한 여학교 교사는 일찍이 이렇게 '증언'했다. "체육관에서의 정규적 일상 훈련은 무디고 서툰 중국 여자아이들에게 구속되지 않는 우아한 자태와 동작을 가르쳐주었다." 체육 이외에 피아노 연주, 낭송, 댄스, 사교 에티켓 등 또한 여학생들이 마땅히 배워야 할 내용들이었다. 이처럼 거문고를 타고, 바둑을 두며, 글씨를 쓰고, 그림을 그리는, 전통과 다른 훈도와 훈련은 새로운 시대 형상의 탄생에 은연중 감화하는 영향을 주었다. 물론 여학생의 면모에 가장 큰 영향을 준 것은 '지식'의 전수와 흡수였다. 여학교에 개설된 교과과정은 통상적으로 중국과 서양을 고루 겸했다. 서학(西學)에는 보통 영어, 산수, 자연과학, 천문, 지리, 세계사 등이 있고, 중학(中學)에는 국문 등이 있었다. 여학생의 지혜는 이로써 계발되고, 인생에 대한 의식도 자각하게 되었으며, 포부와 시야 또한 넓어졌다.

10년이면 나무를 심고, 100년이면 사람을 기르는 법. 반세기의 생육을 거쳐 교회 여학교 이외에도 중국인이 직접 세운 궤이수리(桂墅里) 여학당 등의 여학교가 백일유신(百日維新)의 열기 가운데 탄생했고, 셰허(協和)여자대학과 진링(金陵)여자대학으로 대표되는 교회여자대학이 잇달아 창립되었다. 또한 일본이나 서양으로 유학을 가는 풍조와 함께 여자 유학생이 출현했다. 이어 5·4신문화운동의 세례를 받아 개성 해방, 자유연애, 여성에 대

1919년 진링여자대학교의 전교생

한 대학의 개방이 실현되었다. 여학생은 남학생과 어깨를 나란히 한 채 봉건전제에 맞서 싸웠으며, '민주'와 '과학'을 소리 높여 외쳤다. 단단한 과일의 씨는 시대의 시련 가운데 흙을 뚫고서 싹을 틔우고, 가지를 내뻗었으며, 잎새를 드리웠다. 몇 번의 곡절과 시련 끝에 바람을 맞고서도 튼실한 나무로 성장했다. 생기발랄하며, 지식을 갖추고, 생각이 툭 트인 전혀 새로운 여성 형상이 시대의 부르짖음 속에서 세상 사람들 앞에 우뚝 서게 되었던 것이다.

중국 역사상 현대적 의미의 첫 지식여성세대로서, 5·4기의 여학생들은 신문화의 시범이라는 측면에서 독특한 매력을 드러냈다. 그녀들의 일상활동, 이를테면 학습, 사교, 오락, 스포츠 등은 관심을 끄는 초점이 되었다. 이로 인해 그들의 외모 치장 역시 사회의 다른 여성들의 모방 대상이 되었다. 여학생들은 이미 문명의 상징이었다. 이들이 시대 풍조의 대표가 되는 것은 당연한 일이었다. 그러나 그녀들의 풍모와 영광은 여기에서 그치지 않았다. 5·4기를 전후하여, 혹은 더 이른 시기에 여학생이었다가 사회활동에 뜻을 둔 직업여성들이 이미 출현했다. 진야메이(金雅妹), 캉아이더(康愛德), 스메이위(石美玉), 허찐잉(何金映), 린챠오즈(林巧稚), 양충뤠이(楊崇瑞) 등이 바로 그들이다. 비교적 이른 시기에 해외에서 유학한 이들 여성들은 이후 평생 의료계에서 봉사했다. 5·4신문화운동 중에 중국 역사상 현대의식을 갖춘 최초의 여성작가군이 등장했다. 이들의 주력은 여학생으로, 삥신(氷心), 루인(廬隱), 펑웬쥔(馮沅君), 링수화(凌叔華), 스핑메이(石評梅) 등이 그 가운데의 대표적인 인물들이다. 각성된 의식과 뛰어난

여작가 삥신(冰心)의 1924년 미국 유학 시절

재능은 그녀들을 마치 아름답고 맑게 솟구치는 물보라와 같게 했고, 봄날의 조수와 같은 신문화 속에서 마음껏 뛰어올라 자유와 사랑에 대한 동경을 불러일으켰다. "나는 나다." "자유가 아니면 차라리 죽음을 달라!" 5·4 여학생들의 이상과 애정에 대한 집착, 낡은 전통세력과의 결별, '갓 태어났을 때'의 '천진난만함'은 역사에 영원한 기념과 회상으로 남았다.

1920년대 중반에는 만청 시대와는 다른 새로운 치파오가 생겨났다. 이 풍조에 앞장선 이들 역시 여학생들이라고 한다. 그러나 멋지게 뽐을 냈던 것은 이미 그녀들이 아니었다. 그것은 다음 세대의 시대여성을 위해 준비된 것이었다. 1920년대 이후 한 시대를 풍미했던 5·4 여학생들 가운데, 어떤 사람은 유학을 떠났고, 어떤 사람은 애정의 부름을 받아 결혼을 했다. 더욱 중요한 것은 신문화 운동의 열정이 식고, 사회 환경이 날로 복잡해졌으며, 도시화가 급속히 진행됨에 따라 청순한 그녀들은 더 이상 유

저우타오펀(鄒韜奮)의 부인 천췌이전(沈粹縝)

차이웬페이(蔡元培)의 후처인 저우쥔(周峻)

행을 이끌 가능성을 잃어버렸다는 점이다. 세월은 그저 무심히 흘러, 사회의 비바람과 삶의 곡절은 그녀들의 천진난만함을 앗아가버린 채, 그녀들의 신분을 전환시키고, 그들에게 여학생 시절과는 다른 성숙함 혹은 침울함을 안겨주었다. 5·4기 여학생들의 산뜻함과 패기, 단순함과 천진난만함은 마침내 풍모와 재능의 으뜸이 되었다.

낡은 형상을 개혁하려는 중국 여성의 변혁은 여학생들이 출현하고 개입해서야 진정으로 신세기에 들어서는 청춘 영상을 지니게 되었다. 젊은 그녀들의 생기발랄함과 산뜻함은 변화하는 사회에 낭만적인 생기와 신선함을 가져다주었다.

①

① 작가이자 건축학자인 린훼이인(林徽因, 오른쪽 첫 번째)의 소녀 시절. 이 사진은 1916년 북경 패이화(培華)여자중학교 학생이던 사촌 누이들과 함께 찍은 것이다.
②③ '문명신장'을 입은 린훼이인. 짧은 상의에 폭이 넓은 치마, 거꾸로 핀 나팔꽃처럼 펄럭이는 소매는 젊은 여성의 생기발랄함을 한껏 드러내준다.

②

③

① 5·4기 여학생인 옌리엔윈(嚴蓮韵)과 옌요우윈(嚴幼韵) 자매.
② 1919년 옌징(燕京)대학 도서관의 여학자들.
③ 1920년대 북경여자사범대학 학생들.
④ 1921년 충칭(重慶)여학생들로서, 왼쪽은 중사광(鍾夏光 : 음악가
　스광난施光南의 어머니)이다.

① 텐진제일여자사범대학교 시절의 덩잉차오(鄧穎超 : 주은래의 아내).
② 선교사의 도움으로 출국한 중국 최초의 교회 학생 진야메이(金雅妹).
③ 젊은 시절의 쉬광핑(許廣平 : 노신의 아내).
④ 5·4 여학생 시절의 띵링(丁玲, 왼쪽)과 왕젠훙(王劍虹, 오른쪽).

① 〈독서(讀書)〉- 쉬페이훙(徐悲鴻)이 그린 여학생.
② 1922년의 쏭칭링. 단아하고도 수려한 가운데 여전히 여학생의 경쾌함과 발랄함을 간직하고 있다.
③ 베이징대학 최초의 여학생들과 외국인들이 함께 찍은 사진.

5·4 신문화운동기에 현대적 의식을 지닌 최초의 여작가군이
등장했는데, 그들의 주력은 바로 여학생이었다.

① 5·4기 여작가 링수화(凌叔華).
② '감여사(淦女士)'로 널리 알려진 5·4기
　여작가 펑위안쥔(馮沅君).
③ 미국에 유학할 당시의 삥신(冰心).
④ 스핑메이(石評梅)
⑤ 여작가 루인(廬隱, 가운데)과 여자고등
　사범학교 동창인 청쥔잉(程俊英, 왼쪽),
　뤄징쉔(羅靜軒, 오른쪽)

자유와 이상에 대한 집착과
과거 전통과의 결별이 5·4
기 여학생의 또 하나의 정신
과 형상의 특색을 이루었다.

① 1921년의 시대 여성.
② 걸출한 여성운동가인 샹징위
   (向警予). 프랑스에서 유학했
   다.
③ 젊은 시절의 챠이창(蔡暢).

①

②

③

① 프랑스에서 근공검학(勤工儉學) 하던 여자들 가운데에는 젊은 여성들
   뿐 아니라 어머니 연배의 여성들도 있었다. 가운데 줄 오른쪽 첫 번째
   가 챠이창이고, 앞줄 왼쪽 첫 번째가 챠이창의 어머니인 거젠하오(葛
   健豪).
② '문명신장'을 입은 챠이창(왼쪽)과 샹징위(오른쪽)가 1920년 프랑스에
   서 찍은 사진.
③ 프랑스에서 근공검학 할 때의 챠이창(앞줄 가운데 서 있는 사람).

① 일본을 여행하던 도중에 찍은 사진. 일본으로 유학을 가거나 관광을 하는 것이 당시 사회의 변화를 꿈꾸던 사람들이 선택할 수 있는 것 중의 하나였다. 부군과 함께 바다를 건너 항해했던 여성들은 애국심 외에도 건강한 체력과 기백 그리고 자유롭게 움직일 수 있는 두 발이 필요했다.

② 후에 진링여자대학교 총장이 된 우이팡(吳貽芳, 앞에서 두 번째 줄 오른쪽에서 두 번째)이 1924년 미국 미시건 대학 동창들과 함께 찍은 사진.

①  ②  ③

④

① 여성 혁명당원 천티에쥔(陳鐵軍)과 천티에얼(陳鐵兒) 자매
 (1923년).
② 여성 혁명당원 천티에쥔과 남편 저우원용(周文雍).
③ 초기 공산당 지도자 취치우바이(瞿秋白)와 아내 양즈화(楊
 之華).
④ 저우언라이(周恩來)와 덩잉차오(鄧潁超)가 1925년 광주에서
 찍은 결혼사진. 이렇게 앉는 자세가 당시의 '시대 양식'이
 었다.

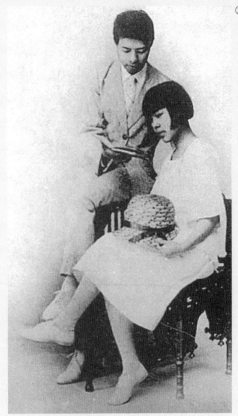

① 현대 중국의 산부인과학의 기초를 다진 창시자 린챠오즈(林巧稚, 오른쪽)와 저명한 의학자 양충뤠이(楊崇瑞, 왼쪽). 양충뤠이는 1929년 베이핑(北平)국립제일소산(助産)학교와 부설 산인(産院)을 세웠고, 1000년에 산아제한을 제창했다.
② 여작가 띵링(丁玲)과 남편 후예핀(胡也頻).
③ 마오쩌둥(毛澤東)의 부인 양카이훼이(楊開慧).

대혁명의 홍수 속에서 여학생은
걸스카우트가 되었다.

① 걸스카우트가 자전거로 소식을 전하고
  있다.
② 광저우(廣州) 중산(中山)대학의 걸스카
  우트 지도자.
③ 군기를 잡고 있는 걸스카우트.

78

'발의 해방'이 가져온 생활의 변화는 도시의
상업미술에 선명하고도 신속하게 반영되었다.

①

①②③ 운동하는 여성을 그린 그림에서 묘사된 것들이 모두 사실은 아니며, 상당 부분은 화가들의 상상이지만, 사회 분위기의 변화를 생동감 넘치게 표현했다. 건강하고 아름다운 신체, 생기발랄함이 당시의 이상적인 여성미임을 분명하게 보여주고 있다.
④⑤⑥ 1927년의 여성 발의 장식 몇 가지.

① '발의 해방'은 여성 신발의 모양을 새롭게 변신시켰다. 서양 영화와 연극의 영향을 받아 모던한 도시 여성들은 대부분 각종 서양식 하이힐을 즐겨 신었는데, 이후에는 '맨발이 드러나는 가죽구두', 즉 샌들, 혹은 망사식의 구두가 유행했다.

② 발이 해방됨에 따라, 여성의 가슴에도 변화가 일었다. 청말 민초의 여성들 사이에는 가슴을 꽉 조이는 조그마한 조끼가 유행했는데, 性 연구학자인 장징성(張竟生)은 여성 건강에 해롭다면서 공개적으로 반대 의견을 제시했다. 후에 연예계의 여배우들이 앞장서서 조끼를 벗어버리고 브래지어를 착용했다. 분위기가 점차 개방적으로 변하면서 상하이에는 브래지어만 전문적으로 판매하는 구진(古今)브래지어 가게 등이 생겨났다.

03

형형색색의

모던여성

1930년대의 중국에는 소비가 증가하고 '현대문명' 등의 어휘가
유행함에 따라, '모던여성'이라는 새로운 시대 형상이 생겨
났다. 모던여성은 특히 유행의 선두에 서서 문명의 최신
성과를 대표함과 동시에, 모던한 외양을 갖춘 도시 여성을
가리킨다.

5·4기 여학생들을 대신하여 시대를 대표한 것은 형형색색의 모던여성들이었다. 1920년대 중반 이래 사회 풍조에 새로운 변화가 일어났다. 신문화운동의 퇴조와 함께 자연스럽고 청순했던 5·4기 여학생들은 바람처럼 구름처럼 흩어져 버렸다. 하지만 도시화의 흥기와 인과관계를 맺고 있던 모던의 바람은 더욱 뜨겁게 불어왔다. 1930년대 상하이를 비롯한 도시의 모던은 이미 세계적인 주목을 받게 되었다. 도시의 새로운 생활양식과 구조는 새로운 여성 형상을 불러와, 여학생다운 단순함과 참신함은 더 이상 시대의 심미와 요구를 만족시킬 수 없게 되었다. 이러한 분위기 속에서 '모던여성'이라는 새로운 시대의 형상이 생겨났다. 1930년대 중국에서는 '현대'와 '현대화' 등의 어휘가 유행함에 따라, 영어의 MODERN을 '摩登'으로 음역하여, 특별히 시대의 특징과 '선진성'을 갖춘 사물을 나타냈다. 모던여성은 특히 유행의 선두에 서서 문명의 최신 성과를 대표함과 동시에, 모던한 외양을 갖춘 도시 여성을 가리킨다.

이즈음 가장 높은 품격을 지닌 모던여성은 여배우였다. 여배우의 탄생은 도시 문명의 흥기와 대단히 직접적인 연관관계가 있다. 중국에 영화가 출현한 것은 19세기 말로, 1896년 상하이 쉬웬(徐園)의 여우이춘(又一村)에서 처음으로 '서양 그림자극'을 상영했는데, 이때부터 영화와 중국인은 떼려야 뗄 수 없는 관계가 되었다. 초기 여배우의 대부분은 여학생들이었다. 그녀들은 호기심에 시험 삼아 출현을 하거나, 열렬한 영화팬이었다가 하루아침에 대중의 주목을 받는 배우가 되기도 했다. 자연과학과 기술이 한데 어우러진 최신 문명의 산물인 영화는 두각을 나타내 사방에 빛을 발할 수 있는 기회를 그녀들에게 제공했다.

또한 여배우의 출현으로 말미암아, 생겨난 지 얼마 되지 않은 중국 영화는 모색기에서 성숙기로 나아갔다. 한때 인기를 누렸던 밍싱(明星), 톈이(天一), 롄화(聯華) 등의 영화제작사 가운데 호소력 넘치는 여배우를 버팀목으로 삼지 않은 곳이 없었다. 여배우는 영화의 흥행 보증수표이자 대중들에게 심미안과 쾌감을 주는 중요한 원천이 되었다. 여배우에게 사회의 이목이 쏠린 것은 무엇보다도 그녀들이 투신한 직업과 관련이 있었다. 새로운 오락 형태의 영화는 사람들에게 신기한 느낌을 주기에 충분했을 뿐 아니라, 모던생활을 홍보하는 가장 좋은 수단이기도 했다. 각양각색의 패션, 헤어스타일, 거주 환경, 소비 장소, 사회의식과 유행 모두를 영화 광고를 통해 대중에게 홍보할 수 있었던 것이다. 1930년대에 중국에 수입된 수많은 할리우드 영화와 기타 구미 영화는 특히 이러한 역할을 담당했다.

아울러 중국의 여배우들은 영화라는 새로운 양식의 연기자일 뿐 아니라, 그녀들 자신이 바로 각종 도시 현대화의 화신이었다. 그들은 승마, 수영, 구기, 댄스, 패션쇼 등에 끼지 않은 적이 없었다. 직업과의 연관성 때문에 여배우들은 늘 구미의 유행에 매우 민감했다. 사실 배우 이미지의 상당 부분은 역시 그즈음 유행하는 패션에 대한 취미와 생활 여가 등등의 일상사에서 만들어진 것들이다. 은막에서 일상생활까지, 사회 분위기에서 대중적 취향에 이르기까지, 유행하는 것 가운데 어느 것에나 그녀들의 그림자가 어른거리고 있었다. 모던의 월계관은 이렇게 그녀들에게 돌아갔다.

상하이의 무희(영화)

생활 속의 유행 외에, '성적 매력' 역시 당시 모던의 표지 중의 하나였다. 1930년대 전후의 화보에서 유행한 것은 봉황의 좁고 기다란 눈과 앵두 같은 작은 입술을 지닌 전통 미인이 아니라, 서구적 분위기를 띤, 깊고 큰 눈과 서양식 아이새도였다. 게다가 말아 올린 속눈썹에, 선홍색의 섹시한 입술과 드러낸 가슴 및 어깨와 같은 새로운 '여성미'가 어느덧 형성되었다. 당시는 성적 매력을 드러내는 시대였으며, 이러한 현상은 치파오의 변화 가운데서도 분명하게 나타난다. 치파오는 1820년대 중반에 탄생했다.[01] 장아이링(張愛玲)의 묘사에 따르면, 최초의 치파오는 딱딱하고 단정하여 청교도의 형상을 지니고 있었으며, 펑퍼짐하고 윤곽이 똑바르며 복사뼈까지 내려왔다. 만청의 의복 가운데에서 두드러진 이 옷은, 사물을 중시하고 사람을 경시하는 전통적 특징을 매우 잘 드러내고 있다.

그러나 1927년부터 치파오에 변화가 일어나더니 짧아지기 시작했다. 1929년에 이르러 구미에서 유행한 미니스커트의 영향을 받아 치파오의 앞자락 폭은 무릎을 덮는 정도까지 올라갔고, 여성들은 자신들의 종아리를 드러내기 시작했다. 이와 동시에 치파오의 허리선을 조이고, 소매를 좁혔다. 1933년에는 치파오의 옆트임이 시작되었다. 이즈음에 이르러 치파오의 기본 스타일은 이미 정형화되었다. 즉 곧추 세운 옷깃, 원피스 형태, 조여진 허리라인, 옆트임은 이미 새로이 손대거나 실질적으로 변할 가능성이 없어졌다. 다만 길이와 품 그리고 장식에서 약간의 변

---

01 치파오는 청나라 만주족의 기인들이 입던 옷에서 유래한 것으로, 한족이 이를 이름하여 치파오라고 부르기 시작한 것이다.–역주

화가 있을 따름이었다.

1930년에 치파오의 길이는 여전히 이전 세대의 무릎까지 내려오는 형태를 답습하더니, 1931년부터 무릎 아래로 내려가기 시작했다. 1932년에는 앞자락이 조금씩 내려감에 따라, '레이스 붐'을 일으켜 치파오의 아름다움을 더했다. 1934년을 전후하여 치파오는 전에 없이 가장 길어져, 모던여성들 중에 레이스 끝자락으로 땅을 쓸지 않은 이가 없었다. 허리 품은 더욱 조였으며, 옆트임은 거의 엉덩이 아래까지 열렸다. 1935년 이후 상황이 또다시 바뀌었는데, 옆트임이 무릎까지 내려와 덮고, 앞자락은 조금 올라갔다. 이듬해에는 앞자락이 다시 조금 짧아지고 옆트임도 따라서 올라가게 되었다.

1930년대, 치파오에 관해 말할 수 있는 것은 바로 정해진 기준 없이 길어졌다 또 짧아졌다를 반복하는 점이었다. 그런데 뜻밖에 이것이 오히려 성적 매력을 드러내는 '전략' 가운데의 하나가 되리라고 누가 생각이나 했겠는가? 성적 매력의 발산은 드러내고 감추는 것의 정도와 관련이 있다. 꽤 오랫동안 감추는 것이 성적 매력의 발산을 억압할 때, 노출이 이내 나타나게 된다. 그러나 과도한 노출이 성적 매력을 상실할 때, 감추는 것이 다시 기세를 떨치게 된다. 1930년대에 치파오가 길어졌다 짧아졌다 한 것은 노출과 감춤의 척도를 제대로 알고 있었던 것이며, 성적 매력이라는 주제를 두드러지게 했던 것이다.

1939년에 이르러 개량 치파오라고 불리는 새 치파오가 생겨났다. 가슴라인과 허리라인의 돋보임 그리고 소매장식과 어깨바느질의 출현으로 말미암아, 치파오는 몸에 더욱 꼭 들러붙었고,

유명 여배우 리밍훼이(黎明暉)는 자주 패션모델로 출연하곤 했다.

곡선은 더욱 선명하게 드러났다. 이리하여 중국 여성의 복장은 성적 매력과 현대성을 충족시킬 수 있었다. 옷깃 앞둘레는 여전히 단단하게 닫힌 영역이었으나, 인체의 주요 실루엣은 이미 뚜렷하게 드러났다. 이것은 '발의 해방' 이래로, 여성 형상의 또 한 차례의 중요한 변화였다.

성적 매력의 발산은 서양의 유행과 절대적인 영향관계를 갖고 있다. 사실 서구 여성의 등이 파인 이브닝드레스는 예전에 노출된 적이 없었던 신체 부분을 드러냈고, 미국 여성 육체미대회의 사진은 중국의 유행 화보에서 중요한 위치를 차지했다. 사실 1920년대 중반 이후, 도시화의 가속화에 따라 서양의 각종 유행과 사고방식이 이미 전면적으로 중국에 흘러 들어오고, 사회생활의 각 방면에 침투되었다. 아울러 서양의 생활방식과 모던한 복장 가운데 중국 여성에게 가장 큰 영향을 끼친 것 중의 하나가 바로 서양식 혼례와 웨딩드레스의 유행이다.

1927년부터 유행하던 다양한 종류의 잡지와 여성화보에는 새로운 내용이 실리게 되었는데, 결혼사진이 게재되었던 것이다. 이 시대의 사람들은 다투어 자신의 결혼사진을 신문, 잡지에 공개적으로 발표했다. 이 가운데에는 정계 요인, 사교계 스타, 유명인의 후손, 또 문인 및 작가 등도 있었는데, 사진 속의 여성 형상 중 서양식 웨딩드레스를 입지 않은 사람이 없었다. 어떤 사람은 그것이 쟝제스(蔣介石)와 쑹메이링(宋美齡)의 결혼식이 가져온 결과라고 여기기도 했다. 1927년, 쑹메이링과 쟝제스는 상하이에서 성대한 서양식 결혼식을 올려 커다란 영향을 미쳤던 것이다. 서양식 웨딩드레스를 걸치는 것이 당시의 여성으로서는 가장 모던한 형상의 하나가 되었다.

사회 풍조의 선구자로서의 여학생으로부터 웨딩드레스를 입은 여성에 이르기까지, 모두 사회 이슈의 중심에 서 있었다. 시대는 확실히 변했다. 웨딩드레스는 서양 풍조를 가져다주었을 뿐 아니라, 사회생활에 새로운 변화가 일어났다는 신호이기도 했다. 시대는 급진에서 보수로 향하고 있었다. 5·4의 격류와 대혁명의 물결은 이미 지나가버렸다. 어느덧 역사 무대에 등장한 중국의 부르주아지는 그들에게 적합한 사회의 기본조직단위를 필요로 했으며, 이로 인해 결혼을 통해 이뤄진 소가족의 중요성이 다시금 강조되었다. 그러나 당시에 조성된 결혼을 통해 이룬 소가족은 전통적인 대가족과는 사뭇 달랐다. 소가족이 훨씬 더 많은 소비단위의 역할을 담당했던 것이다. 이는 당시 급속히 발전한 민족상공업 및 외래 자본의 급증과 연관이 있다.

날로 성숙해가는 도시생활 가운데, 시장은 자신의 사회적 토대로서 상당한 소비능력과 '자주권'을 지닌 여성을 필요로 했다. 결혼한 여성의 성숙한 형상 역시 신제품과 신식 생활방식의 유력한 홍보자와 본보기가 되기에 충분했다. 이리하여 결혼한 여성, 즉 부인은 바로 그 시대의 중견적 지위를 갖춘 모던여성이 되었으며, 웨딩드레스의 유행은 마침 낭만적인 색채를 한층 더 해 주었다.

거의 이와 동시에, 달력광고 안의 여성 형상은 풍만하게 바뀌기 시작했다. 거의 천편일률적으로 보름달 같은 얼굴에, 풍만한 몸매, 단아한 표정이었다. 부인은 마땅히 부인으로서의 우아한 자태, 풍만하고 온화한 용모를 지녀야 했다. 이것이 달력광고의 상상이었다. 달력광고는 1920~1930년대에 성행했는데, 처음에는 여학생이 주인공이었다가 이제는 결혼한 부인들로 교체되었다. 상하이파의 상업 화가가 찰필담채법(擦筆淡彩法)으로 그린 달력 속 미인은 당시의 진정한 여성의 면모를 보여주기에는 부족할지 모르지만, 한편으로는 그 시대의 심미적 관심과 사람들의 상상을 반영했다. 그것은 곧 아름다움과 풍족함에 대한 동경이었다. 달력광고가 가장 중시하고 가치 있게 여기는 창조는 바로 여기에 있는 듯한데, 시대의 상상을 모아놓은 모던여성의 형상과 딱 들어맞게 이루어져 있다. 즉 구불거리는 파마머리와 화장한 얼굴, 나아가 몸에 딱 맞게 재단한 개량 치파오와 눈부시게 빛나는 하이힐, 풍만하고도 섹시한 아름다움. 이 형상은 평면적이기는 하지만, 오히려 밝고도 아름다웠다. 이것은 달력 미인의 기본 양식이자, 일반 대중과 화가들이 마음속에 그리던 모던여성이었다. 아마 실제의 생활 속에서 나온 것도 일부 있겠지만.

사회의 모던 풍조의 영향으로 인해, 도시 여학생들의 몸에도 농후한 모던의 기운이 충만했다. 그들은 5·4기 여학생 형상의 청순함으로 돌아가지 않았다. 파마머리와 치파오 그리고 화장 등, 여학생의 치장은 부인들과 그다지 큰 차이가 없었으며, 아직 기혼여성처럼 풍만함과 성숙함이 없다는 점만 다를 뿐이었다. 시대는 그녀들을 위해 별도의 의복과 형상을 디자인하지 않았으며, 아마 시대 또한 애초부터 모던여성 외에 따로 기치를 내세울 뜻도 없었던 듯하다. 여학생들의 최종 목표는 모던여성의 대열에 들어가는 것이었다. 1930년대의 상하이에서 중서 통합의 여학교는 규율이 대단히 엄격하여, 기이한 복장과 특별한 장신구를 허용하지 않았으나, 광고는 이미 여학생들을 솔깃하게 했다. 장차 여학생의 모녀가 함께 나란히 광고의 담지자가 될 거라고 잘라 말하는 이도 있었다. 예전에는 학교에서 가장 중요한 프로그램이 운동회였는데, 이제는 '퀸'을 뽑는 것이 더해졌다. 그런데 사진 속 '퀸'의 자세와 얼굴 표정은 화보의 어떤 스타와 아주 닮아 있었다. 이것은 그녀들이 항상 보고 들어서 익숙해진데다 흠모해왔기 때문이다.

모던에 또 다른 설명을 덧붙였던 이들은 좌익과 일부 직업여성들이다. 1930년대 시대의 모던 가운데 좌익 역시 중요한 일부였다. 때는 바야흐로 세계적인 좌경화가 고조되던 시기였으며, 혁명과 좌익은 가장 호소력 있는 모던의 하나였다. 좌익의 영향은 문화 방면에서 가장 왕성했으며, 좌익에 투신한 여성의 상당수는 5·4기의 여학생에서 변해왔다. 그녀들이 무명옷에 헝겊신을 신고서, 혹은 작업복 바지 차림으로 공장에 들어갈 때에는 마치 여공 가운데 한 사람처럼 보였지만, 그녀들의 '도도'한 기운은 감출 수 없었다. 그녀들은 도시의 모던과 미묘한 관계에 놓여 있었다. 어떤 이는 몸소 뛰어들고, 어떤 이는 마찰을 빚으면서, 좌익문학에 풍부한 소재를 제공했다. 좌익 시기의 여작가 띵링(丁玲)은 바로 이러한 것을 제재로 삼아 일련의 작품을 써냈다.

1930년대 직업여성 가운데, 방송국 아나운서와 전화교환원 외에 사람들의 주목을 받은 것은 여기자, 여변호사, 여교수와 여실업가였다. 이들의 출현은 도시생활의 변화와 성숙을 나타내는 한편, 사회의 공공공간을 점유한 여성의 확대를 반영한 것이기도 하다. 스량(史良), 푸시슈(浦熙修), 덩지싱(鄧季惺) 등은 모두 당시에 대단히 유명한 여변호사, 여기자, 여저널리스트였다. 1928년, 유학을 하고 돌아온 생물학 박사 우이팡(吳貽芳)은 진링(金陵) 여자대학에 초빙되었고, 중국의 제1호 여자대학총장이 되었다. 이후 여교수들이 대학에 잇달아 등장했는데, 아직은 매우 드문 일이기는 하지만, 여성 발전의 선봉과 이에 대한 사회적 인정의 수준을 보여주었다.

사람들의 시선을 사로잡은 1930년대의 각종 스타일의 패션의상

友良

1920년대 말과 1930년대 초에 유행한 것은 봉황의 좁고 기다란 눈과 앵두 같은 작은 입술을 지닌 전통 미인이 아니라, 서구적 분위기를 띤, 깊고 큰 눈이었다. 서구화된 아이새도와 말아 올린 속눈썹에, 선홍색의 섹시한 입술과 드러낸 가슴 및 어깨 등의 새로운 '여성미'가 어느덧 형성되었다.

①

八月號

THE YOUNG COMPANION
NO. 29 AUGUST 1920

行印 司公股有刷印書圖良友 海上

93

① 1928년 〈양우(良友)〉 화보의 표지 여성.
② 최초로 서방세계에 알려진 중국의 유명 여배우 황류상(黃柳霜).
③ 이처럼 모던한 얼굴에서 표지적 의미를 지닌 것은 속눈썹의 '발견'이었다.
④ 바이양(白楊)이 연출한 영화 〈십자가두(十字街頭)〉 중의 모던여성.

94

① '시선을 끄는 부분'-다리와 하이힐 역시 성적 매력의 일부가 되었다.
②③④⑤ 1930년대 중국에서 유행하는 화보에는 깊고 큰 눈의 서양 여
　　 성이 자주 등장했으며, 이들은 모던여성이 배우고자 하는 '본보
　　 기'였다.

①

유명 여배우들은 유행하는 몸매에 공을 들여, 시대 분위기에 가장 걸맞는 모던여성이 되었다.

① 영화배우 후디에(胡蝶)가 말을 타는 그림이다.
② 여학생 출신의 후디에는 간혹 여학생의 청순함을 드러내곤 했으나, 그녀에게 어울리는 것은 자동차나 패션복장이었다.
③ 패션의상을 연출하는 후디에.

②

③

①

②

陳
燕
燕
之

馬
上
英
姿

最
近
為
迷

最
殷
顧
倒
攝
影

③

④

⑤

① 홍콩 영화배우 리치화(李綺華).
② 영화배우 후핑(胡萍).
③ 영화배우 탄잉(談瑛)의 패션의상 사진.
④ 말을 타고 있는 영화배우 천옌옌(陳燕燕)의 늠름한 자태.
⑤ 영화배우 왕런메이(王人美)가 사뿐사뿐 경쾌하게 춤추는 모습.

1928년 전후의
완링위(阮玲玉)는 여학생의
분위기를 물씬 풍겼다.

1930년대, 각양각색의 패션의상이 풍미하자, 중국 여성의 외모 역시 패션의상의 돋보임과 자극 아래 변화를 거듭했다.

① 〈양우〉 화보의 이 모던여성에게는 사람을 압도하는 듯한 '요염한 아름다움'이 있다.
② 후디에의 이 치파오는 옷깃, 소매와 옷섶 모두 레이스를 가득 박아 넣었다.
③④ 1934년 전후에 치파오는 전무후무할 정도로 길어졌다.
⑤ 개량 치파오를 입은 모던여성. 옷깃 앞둘레는 여전히 단단하게 닫힌 영역이었으나 인체의 주요 실루엣은 이미 뚜렷하게 드러나 있다.

①

②

③

① 달력에 남겨진 시대의 유행. 1932년에는 '레이스 붐'이 한바탕 불어닥쳐, 치파오의 여기저기 가장자리마다 레이스를 박아 넣었다.

② '마냥 즐거운 아가씨'

③ 인단트렌(indanthrene) 염색천을 광고하는 '마냥 즐거운 아가씨'. 인단트렌 염색천은 진한 남색만 있는 것이 아니라, 복숭아색, 청록색, 연핑크색, 짙은 자주색 등도 있다. 햇빛에 쪼여도, 비에 젖어도 퇴색하지 않으며, 빛깔과 광택이 새것처럼 오래도록 산뜻하고 아름다운 특징을 지니고 있다. 이 염료는 독일 사람이 20세기 초에 발명한 것이다. 중국시장의 인단트렌 염색천은 중국에서 염색한 것으로, 염색 상인은 반드시 중국의 '더푸양행(德孚洋行)'의 동의를 얻어야만 염색할 수 있었다.

④ 몸에 꼭 맞는 인단트렌 염색천 치파오와 한 쌍의 영롱한 빨간색 하이힐. 항츠잉(杭穉英) 화실에서 그려진 〈여우 천원상 그림(影星陳云裳圖)〉은 모던여성의 '성적 매력'을 대단히 섬세하고 핍진하게 묘사하고 있다.

④

①

②

① 1938년의 상하이식 치파오이다. 아랫단은 아직 위로 올라오지 않았지만, 옷소매는 이미 사라졌다. 전쟁이 임박하자 모던은 새로운 언어와 '핑계'를 찾아냈다. 항공표지의 손지갑은 모던과 '강국'의 관계를 설명하는 것으로, 모던한 유행이자 구국의 일념을 기탁한 것이기도 하다.

② 1928년의 시대 여성은 더 이상 세기 초의 낮게 드리운 눈썹과 끄덕이는 고개의 순종적인 모습이 아니었다. 일거수일투족마다 드러나는 것은 '모던'과 '서구 스타일'이었다.

③ 손목시계는 여전히 유행의 상징이었는데, 마침내 왼쪽 손목에 차게 되었다.

④ 새로운 시대의 고운 자태.

③

④

① 기하 도형, 서구식 외투, 대칭을 이룬 귀걸이 그리고 짙은 화장은 당시의 일반적 풍조인 모던을 잘 드러내고 있다.

03 형형색색의 모던여성 103

②

③

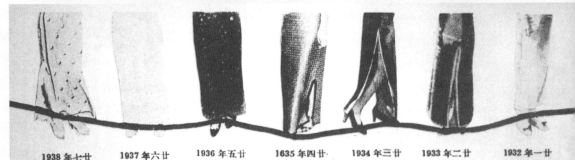

| 1938年七廿 | 1937年六廿 | 1936年五廿 | 1635年四廿 | 1934年三廿 | 1933年二廿 | 1932年一廿 |

② 중국적인 것과 서양적인 것의 혼합은 당시 가장 유행하던 조합 중의 하나였다. 기하 도형의 문양 역시 당시 유행했다.
③ 과거 베이징의 모던여성들은 치파오를 '파격'적으로 입었다.
④ 사뿐사뿐 나풀거리는 패션의상에 하이힐은 없어서는 안 될 꼭 필요한 배합이다.
⑤ 상하이 의상패션쇼의 참가자들.
⑥ 치파오의 선율—1920년대 중기에서 1930년대까지 치파오의 변천 궤적.

①

②

③

① 공장 노동자의 바지 차림의 모던여성.
② 가냘프고 섬세한 아름다움.
③ 1936년의 배두렁이 스타일의 하복.
④ 패션 복장으로 치장한 청나라 마지막 황후 완룽(婉容).

④

①

②

중국 여성 형상의 변천은 스
포츠의 흥기와 밀접한 관계가
있다. 자강(自强), 강국, 건강,
성적 매력, 유행은 모두 스포
츠에서 결합점을 찾았다.

① 테니스 코트에서.
② 제10차 화베이(華北)운동회에 참가한
　여자 선수.
③ 〈양우〉 화보에서 수영복을 입고 있는
　1930년의 푸단(複旦)대학 여학생.
④ '인어아가씨'−수영 여왕 양슈충(楊秀
　瓊)은 수영복 차림으로 〈양우〉 화보의
　표지 모델이 되었다.

③

④

①

②

③

④

① 피겨스케이팅.
② 자태가 늠름하고 씩씩한 중시(中西)여숙 학생.
③ 리리리(黎莉莉)가 출연한 영화 '체육여왕(體育女王)'.
④ 잔디밭에서……
⑤ 오토바이를 타고 노는 여학생.

⑤

① 광고 속의 수영복을 입은 여성.
② 물가의 미인들.
③ 1930년의 여자체육학교 학생들.

도시의 모던은 어디에나 존재했다. 1930년대 여
학생의 몸에는 이로 인해 농후한 모던의 분위기가
충만했다.

① 1930년의 상하이 애국여학교의 퀸. 예전에는 학교에서 가장
   중요한 프로그램이 운동회였는데, 이제는 '퀸'을 뽑는 것이 더
   해졌다. 그런데 사진 속의 '퀸'의 자세와 얼굴 표정은 화보의
   어떤 스타와 아주 닮아 있었다. 그녀들이 항상 보고 들어서 익
   숙한데다 흠모해왔던 그 모습이다.
② 상하이 중시여숙의 퀸.
③ 상하이 충더(崇德)여자중학의 퀸.

①

②

③

④

① 화보 표지의 여학생은 여배우처럼 짙은 화장을 하고 있다.
② 부인의 풍만함만 못하지만, 부인의 아름다움을 지니고 있다.
③ 어리고 여린 것은 표준적인 모던여성이 되는 데에 전혀 방해
　가 되지 않는다.
④ 일부러 천진난만한 자태를 꾸미는 것은 여학생 나름의 운치
　가 아니라 도회지의 조작된 기풍이다.

① 1929년 푸단대학 예과를 졸업한 여학생.
② 가장무도회에서의 베이핑(北平)여자대학 학생들.
③ 1927년의 중시여숙 졸업생들.

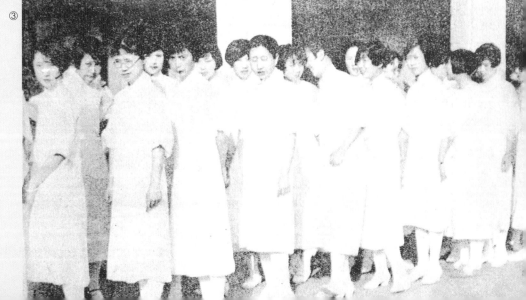

①

②

③

① 수줍은 웃음.
② 상하이 난양(南洋)중학의 학생.
③ 동창 친구.

①

직업여성은 1930년대에 이미 장대한 무리를 이루었다. 그녀들 가운데 가장 주목을 끄는 것은 여기자, 여변호사, 여작가, 여교수와 여실업가들이다. 그녀들의 자신감과 유능함은 여성에게 또 다른 '현대모던'의 풍채를 가져다주었다.

②

③

① 진링여자대학 제1기 졸업생인 우이팡(吳貽芳)은 미국에 유학하여 생리학 박사가 되었다. 그녀는 1928년에 진링여자대학 총장으로 초빙되었는데, 중국 최초의 여자대학 총장이기도 했다.
② 우이팡(왼쪽에서 세 번째)이 다른 유명 여자 인사들과 함께.
③ 우이팡(왼쪽)과 친구 쉬이전(徐亦蓁)이 1936년 개교기념일에.

① 여변호사 스량(史良).
② 여기자 푸시슈(浦熙修).
③ 스량이 저우타오펀(鄒韜奮), 뚜충웬(杜重遠), 마상버(馬相伯), 천쥔루(沈鈞儒)
　등과 함께.
④ 〈신민보(新民報)〉 창시자 가운데의 한 사람인 덩지싱(鄧季惺).

① ②

① 저우타오펀의 부인 천추이전(沈粹縝)이 '구국회(救國會)' 사건으로 구금당한 남편을 면회하러 와 함께 찍은 사진.
② 상하이 융안(永安)회사의 궈(郭)씨 가족의 '금지옥엽' 궈완잉(郭婉瑩). 직업여성인 그녀는 자신의 패션디자인실에서 만든 옷을 입은 채, 온화하고 아름다운 미소를 띤 얼굴을 하고 있다.
③ 진장호텔의 창시자인 둥주쥔(董竹君)은 어린 나이에 일본으로 건너가 공부했다. 귀국 후 그녀는 온갖 일을 겪으며 창업을 했고, 이때부터 서양식 복장만 입었다. 이것은 유명한 촬영가 랑징산(郎靜山)의 카메라 속 둥주쥔의 모습이다.

③

① 민속학자 중징원(鍾敬文)과 작가인 천 치우판(陳秋帆) 부부.
② 교육학자 중룽광(鍾榮光), 중펀팅(鍾芬 庭) 부부.
③ 체육교사.
④ 여교수.
⑤ 전화국 교환수.

① 스케이팅을 즐기는 베이핑여자학원의 교수.
② 1936년 대륙(大陸)신문사의 주임과 타자수.
③ 방송국 스튜디오의 여자 방송인들.
④ 여직원.

①

②

① 소녀 시절의 작가 샤오훙(蕭紅).
② 샤오훙과 샤오쥔(蕭軍).
③ 여작가 바이웨이(白薇).
④ 항일을 외치는 '12·9'운동에서, 지
　식여성은 시대의 전령사가 되었다.

③

④

① 좌익 시기의 여작가 띵링(丁玲).
② 여작가이자 화극(話劇) 배우인 펑즈(鳳子).
③ 번역가 자오뤄레이(趙蘿蕤 ; 옌징대학 영어과 졸업생으로, 청화대학교 대학원에 재학 중이었다)와 남편 천몽자(陳夢家).
④ 여성 화가 판위량(潘玉良).
⑤ 판위량의 자화상.

1927년부터 화보잡지에 새로운 내용이 출현했는데, 그것은 바로 결혼사진을 게재하는 것이었다. 사진 속의 여성들은 한결같이 서양식 웨딩드레스를 걸쳤다.

*상하이 융안(永安)공사 집안의 넷째 딸 궈완잉(郭婉瑩)의 결혼사진.

①

②

③

④

① 쑹메이링(宋美齡)의 결혼사진.
② 장러이(張樂怡)와 쑹즈원(宋子文)의 결혼사진.
③ 삥신(冰心)의 결혼사진.
④ 서양식 웨딩드레스를 걸친 삥신.

①

②

③

④

① 장징장(張靜江)의 딸 장이잉(張藝英)의 결혼사진.
② 여성 사교가 탕잉(唐瑛)의 결혼사진.
③ 공자의 77대 손자며느리의 결혼사진.
④ 널리 유행했던 성대한 서양식 혼례.

標準女性

如楊秀瓊之人水能游
如阮玲玉之演劇能動人

如胡木蘭之侍父從軍
有林黛侯之言險樣

如胡蝶之名聞四海
有宋美齡之相夫賢

如哈同夫人之富有經商
如宋夫人之熱心愛國

如宋夫人之服務社會

①

날로 성숙해가는 도시생활 가운데, 시장은 자신
의 사회적 토대로서 상당한 소비능력과 '자주권'
을 지닌 여성을 필요로 했다. 이리하여 결혼한 여
성, 즉 부인은 바로 그 시대의 중견적 지위를 갖
춘 모던여성이 되었다. 이와 동시에 '소가정학(小
家庭學)'은 중산계층 여성들의 필수과목이 되었으
며, 여성으로 대표되고 여성을 대상으로 삼은 광
고들이 줄지어 다양하게 나왔다.

① 유행하던 화보에서 추앙받던 '표준여성'.
② 유행하던 화보에 게재된 부인들의 본보기: 쑹메이링(위쪽),
  우펑즈(于鳳至, 가운데), 쑹아이링(宋藹齡, 오른쪽).
③ 쑹즈원의 부인 장러이.

① 쑨커(孫科)의 부인 천수잉(陳淑英).
② 외교가 천여우런(陳友仁)의 부인 쟝리잉(張荔英).
③ 촬영가 랑징산(郎靜山)과 부인.
④ 사교계의 스타 루샤오만(陸小曼).
⑤ 가난한 집안의 고운 딸 스타일의 '부인'.

126

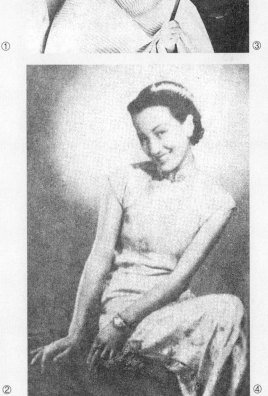

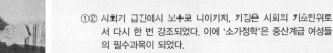

① ② 시회기 급진에서 노+코 니이키지, 기깅은 시회의 기쇼틴위로서 다시 한 번 강조되었다. 이에 '소가정학'은 중산계급 여성들의 필수과목이 되었다.

③ 미용을 하고 있는 모던여성.

④ 카메라 렌즈 앞에 선 1930년대 도시 여성의 표정이 매우 자연스럽다. 이는 자신에게 주어진 배역에 충분히 익숙해졌기 때문일까?

코닥 필름에서 전화에 이르기까지, 코카콜라에서 티엔추(天廚)조미료에 이르기까지, 리스(力士)비누에서 4,711향수에 이르기까지······현대적이며 신식인 것들 가운데 모던여성들에게 알려져 소비되지 않은 것이 있을까?

1920년대 말에 유행한 화보에 유명인사의 딸을 일
컫는 '여공자(女公子)'가 오래지 않아 '명원(名媛)'으
로 바뀌어 일컫어졌다. 명원은 '부인'과 마찬가지로
소비의 견인차였다.

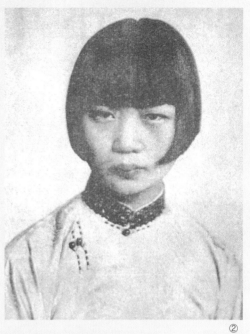

① 랴오중카이(廖仲凱)의 '여공자'인 랴오멍싱(廖夢醒)(1926년).
② 벨기에와 프랑스에서 유학을 마치고 귀국한 차이웬페이(蔡
  元培)의 '여공자' 차이웨이렌(蔡威廉).
③ 웬스카이(袁世凱)의 딸(1928년).
④ 류야쯔(柳亞子)의 딸 류우지(柳無忌).

① 중국의 일본 고베 주재 영사의 딸.
② 1930년 상하이에서 상당한 규모의 '명원선발대회'가 한 차례 열렸다. 상
   하이 융안공사의 궈씨 집안의 큰 아가씨 궈안츠(郭安慈)가 일등을 해서,
   '상하이아가씨'라는 이름으로 불렸다. '명원', '상하이아가씨'는 표지 여성
   으로 등장했으며, 사회가 시대의 미인을 만들어내는 메커니즘은 날로 성
   숙해졌다.
③ 장징장의 딸 장윈잉(張蕓英).

①②③ 화보 속의 톈진(天津) 명원.
④⑤ 한커우(漢口) 명원.

1920,30년대의 광고에서 담배는 중요한 상품 중의 하나이다. 흥미롭게도 담배 광고를 하는 이들 모두가 여성들이었는데, 훙시빠오(紅錫包)에서 바이진룽(白金龍)에 이르기까지 그렇지 않은 것이 없다. HATAMEN(哈德門)의 광고에는 심지어이런 광고 글귀도 있다. "아무리 피워 봐도 역시 그(他)가 좋군". 이는 현대 여성이 담배를 마음대로 품평하듯이 남성도 품평할 수 있음을 은유하고 있다. 사실 다른 현대적인 것들처럼 여성의 흡연 역시 '수입품'이다. 제1차 세계대전 기간에, 수많은 서양 여성들이 흡연하는 습관에 물들었고, 1921년 미국의 벨벳연초회사 광고에 담배를 피우고 있는 남자와 함께 앉아 있는 여자를 실었는데, 여자는 "나는 내가 남자였으면 좋겠다"고 말한다. 이는 시대 여성이 절박하게 바랐던 '남자처럼'의 독립감을 교묘하게 이용한 것이었다. 1926년의 담배 광고에서 여성은 담배를 피우는 한 남성 곁에 기댄 채 유유히 말한다. "날 향해 내뿜어요." 이어 1930년대의 중국에서는 여성 스스로 피우게 되었다. 물론 "미인도 사랑스럽고, 담배도 사랑스러워"라고 맛보는 남성을 늘 대동하고 있다.

04

최후의 규수와 혁명도시(紅都)의 미인

항일전쟁의 개시와 함께 전지복무단 스타일의 여성 형상이 출현했다. 그러나 여성의 배역에 대한 사회적 요구는 여전히 강조되었다. 여성의 아름다운 풍모와 전쟁환경은 선명한 대조를 이루었는데, 사회의 무의식 속에서 엄혹한 시대에 대치하는 사람들의 꾸민 꿈 하나가 되었다.

시대는 1940년대로 들어섰다. 항일전쟁이 개시됨에 따라 신문이나 잡지에는 지난날의 모던여성과는 다른 새로운 여성 형상이 등장했다. 지금까지 모던여성을 겉표지 인물로 내세우던 여성 화보 〈양우(良友)〉는 1939년 3월호에 예전과는 다른 소박하면서도 우아한 여의사와 간호사를 겉표지 인물로 내세웠다. 전쟁의 횃불이 불타오르는 가운데, 보석처럼 휘황찬란하고 성적 매력이 넘치던 모던여성은 당시의 시대 분위기와는 그다지 어울리지 않게 되었고, 소박하고도 우아한 지식인이 이 시대의 최신 조류가 되었다. 그리하여 웨이브 진 머리카락, 아름다운 몸매, 예쁘고도 사랑스러운 웃음을 띤 얼굴이 백의의 천사로 표현됐는데, 사실 이는 원래의 모던여성이 옷만 바꿔 입은 것이었다. 다른 한 장의 총을 쥔 '전선의 여군' 표지 사진에서는 모던의 의미를 완전히 벗어버리고, 심지어는 여성의 특징을 지워버린 채, 노기충천하고 심각한 표정을 짓고 있지만, 여전히 여성의 신분을 답습하고 있다.

항일전쟁기의 전시간부훈련단의 여전사들.

이 시기에 유행한 화보의 대부분은 전지복무단의 여성으로서, 자태가 늠름하고 씩씩하거나 혹은 전쟁의 분위기를 물씬 풍기고 있다. 이들의 출현은 시대의 변화를 드러내고 있으며, 사회가 겪고 있는 전쟁의 고통을 표현하고 있다. 그러나 도시의 모던여성들, 예를 들면 여배우들은 자신들의 일상

생활 속에서 여전히 예전의 기본 형상을 이어가고 있었으며, 치파오와 파마머리는 여전히 그녀들의 가장 기본적인 옷차림이었다. 여배우뿐만 아니라 일반 중국 여성들의 '전형적'인 형상은 이미 1930년대에 기본적으로 형성된 듯했다. 곡선의 영롱한 치파오는 이미 중국 여성의 대표적인 옷차림이 되었으며, 전쟁의 폭발도 이러한 기존의 형상을 바꾸지는 못한 듯했다.

그러나 변하지 않는 일이란 없는 법이다. 앞에서도 서술했듯이, 이전의 시기에 가장 '뽐낼' 만한 치파오의 특징은 짧아졌다 길어졌다 하면서 시종 변화했다는 점이다. 치파오가 짧아졌다 길어졌다 하는 것은 중국 여성의 나긋나긋하고 아름다운 몸매를 선명하게 드러내는 동시에, 치파오를 당시 유행의 대열로 뛰어들게 하였다. 이른바 시대 풍조의 중요한 의미 가운데 하나는 바로 어떠한 규칙적인 주기를 띤 변화이다. 1930년대 치파오의 변화가 이러한 법칙의 유일한 증거는 물론 아니지만, 대단히 좋은 예시는 될 수 있다. 1936년, 치파오의 길이는 몇 년 전 땅에 끌리던 때 이후로 조금씩 짧아지기 시작하더니, 1939년에는 무릎 정도까지 짧아졌다. 사람들은 유행의 '규칙'에 따라 치파오가 다시 길어져 계속해서 유행과 모던을 이어가리라 예측했다.

그러나 전쟁이 일어나자 치파오가 짧아졌다 길어졌다 하는 변화도 순식간에 사라졌다. 이와 같은 갑작스런 '멈춤'은 시대 여성의 형상에 '다급함'과 '어찌할 수 없음'의 느낌을 가져다주었고, 동시에 사회와 여성의 생활이 위기와 궁색에 직면했음을 상징했다. 1940년대는 치파오의 전성기가 지속된 시기로서, 치파오는 여전히 유행하고 여전히 모던했다. 그렇지만 더 이상 이전

시대같은 변화는 아니었다. 전쟁이 일어나 사회의 물자는 궁핍하고, 물가는 상승했으며, 천 한 조각의 가격이 천정부지로 뛰어올랐다. 사회적으로 복식에 대해서도 간소함과 소박함이 제창되었다. '애국천'이라고 일컬어지는 엷은 남색의 무명 치파오가 이 시대에 유행하게 되었다.

전쟁의 환경과 경제 등 여러 방면의 영향으로 인해, 치파오의 땅에 끌리는 레이스를 없앴을 뿐 아니라, 소매도 없애고, 옷깃의 높이도 낮추었으며, 나아가 각종 번다한 장신구도 빼냈다. 이리하여 치파오는 점점 유행을 떠났으며, 무의식중에 '사람'을 강조하게 되었다. 한치 앞도 내다볼 수 없던 시대에 옷은 옷일 뿐, 사람이 가장 중요했던 것이다. 복식이 차츰 변화의 원동력을 잃게 된 것은 사람들이 대면해야 하는 문제가 많기 때문이었다.

치파오가 점점 간소한 형태로 변한 것과 선명하게 대조를 이룬 것은 1940년대부터 높이 틀어 올린 과장된 머리 스타일이 유행했다는 점이다. 도시의 모던여성은 긴 파마머리 위에 대부분 높이 세운 앞머리를 했다. 이것은 이전 시대의 평평하고 자연스럽게 위로 세운 모양의 머리 스타일과는 다른 것으로, 무의식중에 시대의 초조와 불안을 나타내었다. 물론 동요와 초조는 그 시대뿐만 아니라, 당시 여성생활의 현실이기도 했다.

1940년대에는 의식과 생활 모두가 상대적으로 독립된 직업여성이 수없이 출현했다. 여작가 장아이링

치파오 차림으로 교외 나들이를 하는 여성들.

(張愛玲)은 그 가운데 한 사람이다. 그녀가 가장 '소중하게 여겼던' 글자는 '처량함'이었으며, 그녀의 가장 절절한 느낌은 삶 속에서 느끼는 '망연한 위협'이었다. 그녀의 또 다른 명구인 '출세하려면 서둘러야 한다'거나, '사람은 기다릴 수 있을지라도 시대는 황급히 지나가버린다'는 등의 말에서 초조한 감정이 넘쳐난다. 그녀의 복장은 기이하고 과장되어서, 다른 관점에서 말하자면 초조함의 또 다른 표현이라 여겨도 좋을 것이다.

그러나 전통의 틀 속에서 살아가는 평범한 여성일지라도 전쟁의 영향으로 말미암아, 그녀들 가운데 상당수는 독립적으로 삶속의 갖가지 도전에 대처하지 않을 수 없었다. 예를 들어 〈봄강물은 동쪽으로 흐르네(一江春水向東流)〉라는 영화 속의 쑤펀(素芬)은 원래 상하이의 가난한 집의 어여쁜 딸이었다. 하지만 전쟁의 압박으로 인해 피점령지구에서 힘들게 버티면서, 삶이 안겨준 갖가지 고달픔과 시달림을 감내해야만 했다. 이러한 환경은 전시에 처한 여성의 감정과 행동에 깊은 흔적을 남겼다.

그런데 주목할 만한 것은 이 시대의 여성 형상이 비록 전쟁의 영향을 받았을지라도 여성의 배역에 대한 사회적 요구는 여전히 강조되었다는 점이다. 파마, 목걸이, 브로치, 시계, 핸드백, 스타킹, 하이힐 …… 이들 모두는 물자가 부족했던 시대에도 사실 일부 모던여성의 삶 속에서 여전히 유행했던 것이다. 치파오가 간결해질수록 치파오와 어울릴 만한 복식은 매우 많아졌다, 각종 서구식 복장과 외투 혹은 겹단추의 군복식 외투 등등, 맘에 들기만 하면 무엇이든 치파오와 맞춰 입을 수 있었다. 여성의 아름다운 풍채는 전쟁 환경과 선명한 대조를 이루어, 마치 컨트라스트 (contrast)가 강렬한 한 폭의 그림을 방불케 했다. 그러나 이는 의식하지 못하는 사이에 오히려 참혹한 시대와 환경에 대응하는 수단의 하나가 되어, 당시의 화약내음을 '해소'하고 완화했다. 여성의 아름다운 풍채 속에서 사회는 상처를 '회복'했던 것이다.

이렇게 혼잡하고 어수선한 가운데 우리를 놀라게 하는 것은 몇 장의 우아하고 차분한, '최후의 규수'라 칭할 만한 사진들이다. 시대 여성의 형상은 사회의 동요와 전쟁의 포화 속에서 눈에 띄지 않지만 중요한 변화가 일어나고 있었는데, 그것은 초조의 과장이든 아니면 모던의 강화였다. 그런데 이 '최후의 규수'들은 오히려 또 다른 여성의 견본을 제공했다. 그녀들의 온화한 얼굴과 다소곳한 기품은 혼란한 시대를 향한 무언의 거절인 듯하다. 결국 그녀들은 20세기 중국과 서양의 문명이 결합한 결정이었다. 시대가 파괴되고 있는 상황 속에서, 게다가 더욱 심각한 파괴가 닥쳐오는 때에, '최후의 규수'는 사람들에게 '유일한 생존자'이자 '절세가인'의 느낌을 남겨주었다.

1940년대는 대동란의 시대임과 동시에 옛것을 버리고 새것을 받아들인 시대였다. 항일전쟁과 함락이 있었던 반면, 새로운 정부가 탄생했던 것이다. 붉은 성지인 옌안(延安)에서는 '홍도의 가인(紅都麗人)'이라 불릴만한 여성들이 세계의 주목을 끌었다. 루이 스노우[Louis Wheeler Snow, 에드가 스노우(Edgar Snow)의 재혼 부인]의 『스노우가 본 중국』에는 그녀들의 모습에 관한 기록이 있다. 그녀들 가운데에는 지식여성도 적지 않았고, 농촌에서 온 여성들도 있었다. 그녀들의 출현은 사실 멀리 징강산(井崗山)혁명기까지 거슬러 올라갈 수 있는데, 당시 중국의 대지에는 이처럼 전통적인 형상과는 다른 여성이 이미 존재했다. 그녀들 가운데 몇몇은 남성 전우와 함께 설산(雪山)을 넘고 초원을 지나 위대한 장정을 겪었다.

이처럼 비범한 여성들에게 있어서, 군복은 그녀들의 기본적인 복장이자 신분의 체현이었다. 군모, 각반, 허리띠 등 남성과 동일한 이들 복장은 그녀들의 선명한 여성으로서의 모든 특징을 거의 없애버렸다. 그러나 그녀들의 빛나는 미소 속에는 여전히 여성의 '아름다움' 혹은 일반 여성에게는 없는 시원시원함과 명랑함이 배어 있었다. 그러나 군복 차림의 '홍도의 가인'의 거칠고도 호탕한 겉모습은 여성미에 대한 새로운 정권의 이상을 대표한다기보다는, 고통스런 전쟁 환경이 초래한 것이라 할 수 있다. 그녀들이 전쟁을 치르지 않는 환경에 나타났을 때, 이들의 치장은 항상 수려하고도 지식화된 것이었다.

새로운 세계는 새로운 형상을 가져오기 마련이다. 새로 탄생한 정권이 날로 견고해짐에 따라, 새로운 사회의식을 대표하는 여성의 이상은 공산당 통치구역에서 형성되기 시작했다. 새롭게 느끼고 접할 수 있는 여성의 형상도 차츰 모양을 갖추기 시작했다. 그것은 바로 〈백모녀(白毛女, 1945년에 집체창작된 혁명가극)〉의 시얼(喜兒), 『샤오얼헤이의 결혼(小二黑結婚, 1943년에 발표된 자오수리趙樹理의 단편소설)』의 샤오진(小芹) 그리고 〈오누이의 황무지 개척(兄妹開荒, 1942년 연안에서 공연된 가무극)〉의 누이로 대표되는 새로운 형태의 여성들이다. 이들의 형상은 전혀 새로운 여성미의 관념, 즉 굴하지 않는 굳센 지조, 활발하면서도 온화함, 함축적

옌안에서의 차이창(蔡暢).

인 감정 등의 관념을 담고 있다. 이는 그녀들이 구현하고자 하는 새로운 사회가치, 이를테면 부모의 독단적인 결혼에 반대하여 결혼의 자유를 주장한다거나, 부지런하고 소박할 뿐만 아니라 반항정신으로 충만한 것 등과 관련되어 있다.

이러한 형상의 출현은 한편으로는 사회 변화의 산물이며, 다른 한편으로는 새로 탄생한 정권이 사회의 성별질서를 다시 세울 필요성을 반영하고 있다. 새로운 시대에 탄생한 이러한 여성 형상은 새로운 의식을 담지함과 동시에, 상당한 정도의 '여성미' 또한 체현해냈다. 예를 들면, 건강하면서도 곡선미를 잃지 않은 몸매, 젊고도 '귀여운' 옷차림 등이 그것이다. 이 모든 것들은 공산당 통치구역 내에서 아름다운 농촌여성 형상의 전범이 되었을 뿐 아니라, 사회의 변혁에 따라 시대의 주류로 발전했다.

良友

항전의 개시와 함께 신문잡지 등의 간행물에는 지난날의 모던여성과 다른 새로운 여성 형상이 출현했다.

*1939년 3월호 〈양우(良友)〉 화보의 표지 여성이다. 모던여성은 복장을 바꿔 입고서 백의의 천사가 되었다.

中華郵政特准掛號認爲新聞紙類・內政部登記證警字常密堂〇號・中宣會登記證文字二九九號・上海公共租界稍諾登記證C字十一號

期〇四一第　　號月三
THE YOUNG COMPANION
MARCH　1939　NO. 140

①

②

③

④

① 1939년 복간호 〈양우〉의 화보표지.
② 1941년 〈양우〉 화보의 표지 여성은 여전히 소박한 형상이다.
③ 항일전쟁 중에 배우며 농사짓는 여자체육전문학교 학생.
④ 전장에서 활약한 여자 비행사.

① 전시간부훈련단의 여전사들이 강의를 듣고 있다.
② 신사군[新四軍. 중국의 제2차 국공입직(國共合作) 이후
  편성된 중국공산당 지휘 아래 있던 군부대] 여자교도
  대의 대원들.
③ 서북전지복무단 시절의 여작가 띵링(丁玲).
④ 『팔백장사(八百壯士)』에서 동자군(童子軍) 양훼이민(楊惠
  敏)의 역을 맡은 천뽀얼(陳波兒).

①

②

1. 구제원(救濟院)의 유모들.
2. 영화 《봄 강물은 동쪽으로 흐르네(一江春水向東流)》 속의, 전란으로 고통받는 평범한 부녀자들.
3. 1942년 쑹아이링(宋藹齡, 가운데), 쑹칭링(宋慶齡, 오른쪽), 쑹메이링(宋美齡, 왼쪽)이 충칭(重慶)에서 비행기를 헌납
   하여 국가에 보답하는 이른바 헌기보국(獻機報國) 활동에 참가하고 있다.

③

1940년대 초에 유행한 화보의 대부분은 전지복무단의 씩씩하고 늠름한 여성이었다. 그러나 도시의 모던여성들은 자신들의 일상생활 속에서 여전히 예전의 기본 형상을 이어가고 있었다. 치파오가 간결해질수록 사회 여성의 배역은 여전히 강조되었다. 여성의 아름다운 풍채는 의식하든 의식하지 못하든 엄혹한 시대를 대처하는 수단이 되어, 당시의 화약내음을 해소하고 완화했다.

①② 소매없는 치파오가 유행하기 시작했다.
③ 덩잉차오(鄧穎超, 오른쪽)와 예팅(葉挺)장군의 부인 리슈원(李秀文, 왼쪽) 그리고 그의 딸.
④ 1942년 5월 충칭에서 우량아대회가 열렸다. '활기와 건강'의 확보는 항일전쟁 속의 어머니들에게 위로와 기쁨을 가져다주었다.

② ③ ④

① 알록달록한 치파오를 입은 여성 화가 위펑(郁風).
② 여성 항공사 리샤나(李霞娜)가 모던한 민소매 치파오 차림으로
   친구들과 대화하고 있다.
③ 동주쥔(董竹君, 오른쪽에서 두 번째)과 아들딸들.
④ 일본의 괴뢰정권 기구에 침투한 여작가 관루(關露).

① 저우타오펀(鄒韜奮)의 부인 천췌이전(沈粹縝).
② 『종군일기(從軍日記)』와 『여병자전(女兵自傳)』으로 문단에 이름을
날린 북벌여병이자 여작가인 셰삥잉(謝冰瑩, 왼쪽)의 항일전쟁
중의 모습. 가운데 서 있는 사람은 여작가 자오칭거(趙淸閣)이다.
③ 중국과 서양의 장점을 배합하여 치장한 양후청(楊虎城)의 부인
셰바오전(謝葆眞).

04 최후의 규수와 혁명도시(紅都)의 미인 147

①

②

③

④

① 저명한 여기자 푸시슈(浦熙修)가 1946년부터 1948년 사이
   난징에서 〈신민보(新民報)〉 취재부의 주임을 맡고 있던 시절.
② 항일전쟁기의 한 가족: 작가 쉬츠(徐遲)와 부인, 딸.
③ 영화배우 장루이팡(張瑞芳)이 화장을 하는 모습.
④ 장루이팡이 '앞머리를 높게 올린' 모습.

① '세 사람이 함께 걷는 모습'은 1940년대의 '시대적 양식'이었다.
② 뜨개질을 하는 여성.
③ 영화 〈작은 도시의 봄(小城之春)〉 속의 도시 여성들.
④⑤ 도시의 일반 부녀자.

②

①

③

④

⑤

1. 1940년대에 가장 인기 있었던 여배우 저우쉔(周璇).
2. '출세하려면 서둘러야 한다'라는 말을 신봉했던 여작가 장아이링이 가장 즐겨 사용하던 어휘는 '처량함'이다.
3. 장아이링의 젊은 시절.

①

②

③

①

②

③

① 전쟁과 격동하는 사회의 단련 속에서, 여성들은 부지불식간에 삶의 중심으로 걸어 들어갔다. 그 중심은 바로 책임을 의미하는데, 이 가족사진은 그것의 작은 예증일 따름이다.

② 19세에 중앙사(中央社) 최초의 여기자가 된 천샹메이(陳香梅)는 1947년 12월 중국의 항일을 지원하기 위해 조직한 미국 항공 '비호대(飛虎隊)'의 대장인 체널트(Claire Lee Chennault)장군과 상하이에서 결혼했다.

③ 화극 배우 펑즈(鳳子)와 그녀의 미국인 남편.

① 1948년 난징 중앙대학교 졸업식장의
여대생들. 첫 번째 줄 왼쪽에서 다섯 번
째 사람이 훗날 해외 화교 여작가가 된
녜화링(聶華苓)이다.
② 영화 〈봄 강물은 동쪽으로 흐르네〉 가운
데의 모던여성들. 파마머리, 브로치, 목
걸이, 귀걸이, 스타킹, 하이힐 등은 물자
가 부족했던 전쟁시대에도 일부 모던여
성들 사이에서 여전히 유행하고 있었다.
③ 영화배우 어우양사페이(歐陽莎菲). 길게
늘어뜨린 목걸이와 가슴이 패인 치파오
는 그 시대의 최신 유행이었다.
④ 영화 〈여인행(麗人行)〉 속의 세 여성.
⑤ 영화 〈까마귀와 참새(烏鴉與麻雀)〉 속의
여성들.

어지러운 이 시대에 놀라운 것은 '최후의 규수'라 일컬
어질 만한 몇 장의 사진들이다. 그녀들의 온화한 얼굴과
차분한 기질은 마치 혼란스러운 시대에 대한 무언의 거
절인 듯하다.

① 유명한 장씨 집안 네 자매. 앞줄 왼쪽부터 장윈허[張允和: 저
우여우광(周有光)의 부인], 장웬허(張元和), 뒷줄 왼쪽부터 장
충허(張充和), 장자오허[張兆和: 선충원(沈從文)의 부인].
② 후장(滬江)대학 졸업생이자 번역가인 장커(張可).
③ 후장대학 졸업생인 이꾸(易固).
④ 진링여자대학 졸업생인 옌렌윈(嚴蓮韻).

153

군모, 각반, 허리띠 등 남성과 동일한 이들 복장은
그녀들의 선명한 여성으로서의 모든 특징을 거의
없애버렸다. 그러나 그녀들의 빛나는 미소 속에는
여전히 여성의 '아름다움' 혹은 일반 여성에게는
없는 시원시원함과 명랑함이 배어 있었다.

① 장정에 참가한 여자 홍군들. 왼쪽에서부터 천중잉(陳琮英),
차이창(蔡暢), 류잉(劉英).
② 1939년 모스크바에서의 차이창, 천중잉, 덩잉차오, 양쯔화
(楊之華).
③ 징강산(井崗山) 시절의 허쯔전(賀子珍).

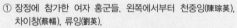

05

신중국
17년간의
여성 형상

1949년부터 1965년까지 신중국이 건립된 이래 17년 동안
레닌복장이 상당 기간 '주류'를 이루었다. 그런데 회색과
남색 이 두 가지 색상의 물결 속에서도 간혹 다른 색상들
이 빛을 발산하고, 알록달록한 분위기를 형성하기도 했다.

1949년 중국 대륙에는 천지가 개벽하는 큰 변화가 일어났다. 이것은 신해혁명과 5·4운동 이후 중국사회가 정치, 경제, 문화 면에서 변혁을 일으킨 이래 겪은, 또 한 차례의 거대한 사회변혁 이었다. 예전의 변혁의 목표가 쇄국정책의 폐쇄 국면을 타파하여 개방화로 나아가는 것이었다면, 이번에는 자본주의 세계와의 교류와 관계를 단절하고 스스로 사회주의, 나아가 공산주의 국가를 세우는 것이었다.

구 정권이 타도됨에 따라, 시대 여성의 형상 역시 변화를 겪었다. 여성 형상의 변화를 언급한 어떤 글은, 쑹메이링(宋美齡)을 전범으로 내몰면서, 지난날의 귀부인과 숙녀의 존귀한 신분이 이로부터 무너진 표지(標識)로 간주했다. 사실 변화가 일어난 것은 귀부인과 숙녀들뿐만 아니라, 시대 여성의 삶과 형상 역시 마찬가지였다. 귀부인과 숙녀 이외에도 지식여성을 포함한 평범한 도시 부녀자 모두가 시대의 주변부로 밀려났다. 사회의 최하층으로, '인민군중이 주인이 됨'을 상징했던 여성노동자, 즉 농민 여성과 여성노동자들이 시대의 중심무대에 올라서서 시대 여성의 대표가 되었다. 이는 중국역사상 전례 없던 일이었다.

이전의 사회변동이 주로 서양의 영향을 받고, 당시 여성계의 선구자들 역시 외적 형상이든 내적 정신세계이든 모두 서양의 현대문명을 모방하고 학습하며 받아들여, 서양의 모던여성을 본보기로 내세웠다면, 1949년에 수립된 신중국은 서양의 영향을 내쳐버림과 동시에 사회주의 진영으로 돌아간 것이었다. 특히 건국 초기에 여러 측면에서 소련을 모범으로 삼아 '사회주의 대가정'이란 규칙을 떠받들었다. 여성문제에 있어서도 소련에서

1965년 부녀잡지의 표지 인물은 농후한 연화(年畵: 설날을 맞아 실내에 붙이는 그림)의 맛을 풍기는 여자 농민이다.

여성노동 영웅을 숭배하듯, 신중국 역시 여성노동의 모범을 시대 여성의 본보기로 삼았으며, 이로 말미암아 여러 분야의 뛰어난 여성노동자들이 당시 여성들의 표준모델이 되었다.

신중국의 1950, 60년대의 매체 가운데, 당시 가장 권위 있던 〈인민화보(人民畫報)〉에서 주로 홍보한 것이 바로 이와 같은 유형에 속하는 여성들의 형상과 업적이었다. 이는 한편으로 소련을 따라 배운 결과[01]였으며, 다른 한편으로는 노동자, 농민, 병사를 사회의 주체로 하고자 하는 새로운 정권의 의도와 부합하기도 했다.

그런데 신중국 무대에 가장 먼저 나타난 것은 군인이자 농민이었던 여성 형상이었다. 도시의 여성노동자(즉 노동모범)들은 한참 뒤에야 사람들의 주목을 받기 시작했다.

요고대(腰鼓隊)[02]가 해방군을 따라 도시로 들어감에 따라, 도시 여성들의 심미표준은 커다란 충격을 받았다. 전통적인 여성의 아름다움, 즉 상류사회의 우아함과 화려함에서부터 평민계층의 귀엽고 영리함에 이르기까지 모두가 이로 인해 뒤집어졌다. 호방하고 건장하며, 군인이자 농민인 여성 형상이 우선적으로 시대 여성의 대표가 되었다. 이러한 형상은 요고대 속에 나타났을 뿐만 아니라 해방군에도 나타났다. 이는 신중국 수립의 역사와 밀접한 관련이 있다. 즉 중국 혁명의 특징이 바로 농촌에서부터 도시를 포위하는 것이었기에, 군인이자 농민인 여성간부, 여성

---

01 소련을 따라 배운 것으로는 '영광스러운 어머니'도 있었다. 즉 여성들로 하여금 출산을 많이 하도록 장려하는 것인데, 이것은 원래 소련이 전쟁 이후 사회복구의 필요에 따라 제창했던 것이다.

02 길고 작은 중국 전통 북을 연주하는 악단.–역주

전사들이 신중국 창립자의 일부이자, 혁명의 승리 이후 농촌에서 도시로 나아가는 발전 속에서 당연히 시대의 선두에 선 여성이 되었던 것이다.

군인이자 농민이었던 여성들은 원래 사회의 최하층에서 가장 극심한 압박과 착취를 받았던 사람들이었는데, 다가온 사회변혁 속에서 혁명에 의해 해방되어, 다른 여성들을 해방시키고 전 인류를 해방시킨 여성전사들이었다(요고대가 가는 곳마다 군중들과 맨 먼저 대면했던 공연 프로그램은, 늘 부녀들이 해방을 맞아 기뻐하는 마음을 표현한 〈번신도정(翻身道情)〉[03]과 혁명가극 〈백모녀(百毛女)〉, 〈샤오얼헤이의 결혼(小二黑結婚)〉과 〈류챠얼(劉巧兒)〉[04] 등이었다). 해방에 대한 강렬한 갈구와 일정 정도의 우월감은 시대의 중심에서 활약하는 여성들의 형상을 더욱 명랑하고 유쾌하며 자신감 넘치도록 해주었다.

이처럼 군인이자 농민여성의 형상은 도시 여성들로부터 경외심과 함께 부러움을 불러일으켰다. 왜냐하면 그들의 군복은 비록 여성스러운 특징이 적었지만, 혁명과 권력의 상징이었기 때문이다. 하지만 부러움은 그저 부러울 따름으로, 혁명과 신분의 상징인 군복은 일반 여성들이 마음대로 모방할 수 있는 것이 아니었다. 도시가 군대의 관리 아래 있던 특수한 시기를 거쳐 정상적인 질서를 회복한 뒤, 여간부와 여전사의 복장도 군복에서 남색 혹은 회색의 레닌복장으로 바뀌었으며, 도시의 일반

03 1942년 옌안의 문예공작자들이 발굴·정리하여 널리 보급한 민간음악.-역주
04 1943년 왕옌(王雁)이 기존의 극본과 설창을 개편하여 만든 평극(評劇)이다. 평극은 화북 및 동북 지방에서 유행하던 지방극의 하나이다.-역주

부녀자들도 모방할 가능성과 본보기를 갖게 되었다. 이리하여 레닌복은 직업여성들의 제복이 되었을 뿐 아니라, 여공들의 작업복 이외의 외투로 늘상 이용되었다. 레닌복은 삽시간에 골목 안 가정의 부녀들, 심지어 '부르주아지 여성'들조차 좇는 유행이 되었다. 레닌복은 새로운 정권을 지지하고 '진보'를 추구하는 표지가 되었다. 흥미로운 점은 당시 적지 않은 레닌복의 밑단마다 치파오에서 개조한 셔츠의 산뜻한 꽃무늬나 비단 저고리의 레이스가 은은히 내비쳤다는 것이다.

그러나 아무리 옛날 옷에 '미련이 남아' 있을지라도, 남색 혹은 회색의 레닌복 외투, 단색 혹은 작은 꽃무늬 셔츠, 헝겊신 혹은 투박한 구두, 땋은 머리 혹은 짧은 머리 등이 당시 여성 복식의 주류를 이루었다. 몇몇 여류 명사들도 강요를 받았든 스스로 원했든 모두가 이 궤도에 들어섰다.

1940년대에 소시민을 묘사하여 이름을 날렸던 작가 쑤칭(蘇靑)도 건국 초기에는 레닌복을 입었으며, 기이한 복장을 즐겨 입던 장아이링도 시대의 분위기에 맞춰 어쩔 수 없이 삼가거나 변할 수밖에 없었다. 1951년 상하이의 제1차 문예공작자대표대회에 참석했을 때, 그녀는 작은 꽃무늬 치파오 위에 하얀색의 짧은 카디건을 걸쳤다. 강남의 명문 규수 장원허(張允和) 자매도 모두 레닌복으로 바꾸어 입었다. 국가부주석 쑹칭링(宋慶齡)은 국내의 각종 국가행사를 진행할 때 레닌복 외에 간혹 남성 스타일의 인민복을 입기도 했다.

1949년부터 1965년까지의 17년 사이에, 레닌복은

국가부주석 쑹칭링은 국내의 각종 국가 행사에서 레닌복 외에, 때때로 남자 스타일의 인민복을 입었다.

상당히 오랫동안 줄곧 주류의 지위를 차지했다(이후에 널리 유행한 것은 레닌복에서 변화된, 허리 부분이 잘 드러나지 않는 량용산(兩用衫)[05]이었다). 하지만 다른 복장 역시 '보완'적인 옷차림으로서 여전히 존재했다. 예컨대 사회 주변부에 있던 일반 사람들의 복장은 예전의 습관을 그대로 답습하여 자신의 취향대로 입었다. 특히 17년 동안의 복장의 주류는 넓은 의미에서 볼 때 정치이데올로기에 의해 결정되었으며, 이에 정치 형세의 변화에 따라 여성들의 복장에도 미묘한 변화가 일어났다. 회색, 남색의 두 가지 물결 속에 간혹 다른 색상들이 빛을 발산했고, 때로는 알록달록한 분위기를 형성하기도 했다.

1952년 신생 정권은 건국 이후 처음으로 대규모의 계급투쟁, 즉 국내의 부르주아지에게 타격을 가하기 위한 '삼반(三反)'·'오반(五反)' 운동[06]을 진행했다. 그 뒤 폭풍우가 지난 뒤처럼 다소 느슨한 시기가 다가왔다. 이 시기는 마침 중국과 소련 간의 경제 협력이 긴밀하게 이루어지던 때인지라, 소련의 꽃무늬천들이 대대적으로 중국시장에 들어왔다. 이와 동시에 사회주의 진영 가운데에서 공업이 상대적으로 발달했던 체코슬로바키아에서도 정교한 공예품과 방직품을 중국의 각 대도시에 전시하고 판매했는데, 이것들은 모두 신중국의 획일적인 복장에 충격을 안기는 역할을 했다. 특히 중국 시장에서의 소련 꽃무늬천의 승승장구

---

05 량용산(兩用衫)은 옷깃을 보이지 않게 감추거나 혹은 드러나게 하는 두 가지 용도를 지니며, 등의 재봉선이 없고 허리 라인을 살리지 않은 남녀의 윗 겉옷이다.

06 '삼반(三反)'·'오반(五反)' 운동은 국민경제회복시기 5대 운동 가운데의 하나로서, 삼반은 독직과 낭비, 관료주의에 대한 반대를, 오반은 뇌물수수, 탈세, 국가자재의 절취, 노력과 시간 및 재료의 속임, 국가경제정보의 절취 등에 대한 반대를 가리킨다. -역주

는 중국 부녀자들 속에서 소련 꽃무늬천으로 만든 브라지(소련식 원피스)를 유행시켰으며, 심지어 남자 간부들조차 소련 꽃무늬천으로 만든 셔츠를 너도나도 입었다. 소련의 꽃무늬천은 대부분 색상이 선명하고 꽃무늬가 오색찬란하여, 일시에 기이한 장관을 연출했다. 사실 레닌복은 글자 그대로 본래 중국에 있었던 것이 아니라 소련에서 비롯된 것이다. 사회주의 대가정이라는 준칙을 인정했기 때문에, 전쟁 시기에 적합한 복장도 함께 받아들인 것이었다. 흥미롭게도 이런 '혁명화'한 남성 스타일의 복장을 인정하지 않았던 소련의 여성들은, 전쟁이란 비상시기가 끝나자 전통적인 차림새를 답습하여 브라지를 입고 꽃무늬 스카프를 걸쳤다. 아마도 브라지와 레닌복은 모두 빅브라더(Big Brother)의 합법적인 복장(사실 브라지는 원피스의 소련식 용어에 지나지 않는다)이었기에 '합법적'으로 신중국의 '패션영역'에 들어왔을 것이다. 이로부터 브라지와 반치마는 신중국의 여성 복장 속에 보존된 품목이 되었다.

영화배우 친이(秦怡)는 〈농가의 즐거움(農家樂)〉이란 영화에서 농촌부녀의 배역을 맡았다.

　1956년, 새로운 정권은 사회주의적 3대 개조[07]를 완료한 후, 정치영역 내의 대규모 폭풍우식 계급투쟁이 이미 끝났다고 선포하면서, 이데올로기 영역에서 '백화제방(百花齊放)'[08]을 강조했다. 이에 따라 사회적 분위기는 상대적으로 느슨해졌으며, 인민대중의 물질생활 또한 해방 초기에 비해 개선되었다. 이리하여 부녀자들의 복식에 대한 금기 역시 한층 느슨해져, 각종 치마 디

---

07 사회주의적 3대 개조는 농업, 수공업 및 사본주의 상공업에 대한 사회주의적 개조를 가리킨다.-역주

08 많은 꽃이 일제히 핀다는 뜻으로, 한때 중국의 예술 정책으로 제창되었다. 온갖 학문이나 예술, 사상 따위가 함께 성(盛)함을 비유적으로 이르는 말이다.-역주

자인이 새로워졌을 뿐 아니라 전통적인 치파오도 다시 나타나기 시작했다. 다시 나타났다는 것은 아직 변화의 움직임은 없다는 뜻으로, 옷깃과 소매, 특히 트임 부분은 모두 예전 방식 그대로였다. 치파오의 재출현은 이전에 치파오를 입었던 여성들뿐 아니라, 도시 여성들의 부러움과 경외를 자아냈던 군복 차림의 여간부 사이에서도 만연되었다. 사실 속박이 몹시 심했던 시기에도 치파오가 완전히 종적을 감춘 것은 아니었다. 예전의 생활방식을 남몰래 유지해왔던 대저택의 사람들, 혹은 사람들의 주의를 끌지 않는 골목집의 여성들 사이에 여전히 존재해왔다. 치파오를 부르주아지의 표지라고 간주하기도 했지만, 여전히 신중국 여성의 공식적인 예복의 역할을 대신할 만한 것이 없었다. 국내의 정무행사와 대중집회장소에서 여성 국가지도자, 혁명가와 사회 유명인사들은 대부분 레닌복을 입었지만, 공식적인 외교업무나 출국 방문의 경우에는 치파오를 주로 입었다.

이 시기 여성의 차림새에서 사람들의 눈길을 끈 것은 헤어스타일의 변화이다. 미용실에서 오랫동안 푸대접을 받았던 '파마머리'가 또다시 재빠르게 유행했다. 상하이의 몇 군데 유명 미용실에는 호황을 맞아 줄이 길게 늘어설 정도였다. 오랜만에 다시 보는 롤링 파마, 각종 스타일의 첸류하이(前劉海：머리카락 한 가닥을 이마에 남겨두는 헤어스타일), 형형색색의 쪽머리와 파마한 '포니테일(ponytail：긴 머리를 뒷머리 위쪽에서 하나로 묶고 머리끝을 망아지 꼬리처럼 늘어뜨린 형태)'이 잇달아 나타났다. 프랑스에서 유학했었고, 당시 전국 부녀연합회 주석을 맡았던 차이창(蔡暢)은 온통 곱슬거리는 모던한 헤어스타일을 했다.

하지만 호시절은 그리 오래가지 못했다. 1957년에 반우파투쟁이 전개되었고, 이후 3년간 자연재해가 연이어 발생했던 것이다. 하지만 반우파투쟁의 주요 목표는 지식인들 가운데 '반당·반사회주의'적 언행을 집중적으로 격퇴하는 데에 있었는지라, 여성의 복식에는 별다른 영향을 미치지 않았다. 오히려 3년간의 자연재해로 인해 물자가 극도로 부족해지자, 배불리 먹는 것이 최고라는 인식 아래 사람들의 옷차림에 대한 관심은 크게 줄어들었다. 그러나 1962년 경제적 긴장 상황이 다소 완화되자, 사람들의 복식에 대한 관심과 다양화 양상이 다시 나타났을 뿐 아니라 계속 발전하는 추세를 보였다. 자세히 살펴보면 흥미로운 현상으로, 이때 뜻밖에도 서양 패션이 스며들어왔음을 발견할 수 있다. 즉 극히 미미하고 제한적이기는 하지만, 투피스, 캐시미어 스웨터, 몸에 꼭 끼는 스키니팬츠, 끝이 뾰족한 가죽구두, 향수 등이 나타나 점차 유행하기 시작했던 것이다. 이는 봉쇄되기는 하였으나, 아직 완전히 단절되지 않은 정부와 민간의 국제교류, 이를테면 사절 교환과 각종 대표단의 상호방문, 개인적인 가족방문, 화교의 귀국 등에서 비롯되었을 것이다. 특히 소련과 동유럽 국가에서 들여온 화보와 영화 역시 여러 경로를 거쳐 국외의 낯선 '유행'의 소식을 전해주었을 수도 있다.

그러나 이와 동시에 계급투쟁이 재차 강조되고 제기되어, '계급투쟁을 벼리로 삼다'와 "계급투쟁을 틀어쥐면 모든 문제가 해결된다"는 등의 구호가 나타났다. 게다가 마오쩌둥(毛澤東)은 〈여민병의 사진에 부쳐(爲女民兵題照)〉[09]를 발표했다. 이들 '최고 지

---

09 이 시는 1961년 2월에 쓰였는데, 시의 내용은 다음과 같다. "씩씩하고 늠름하네, 총

시'는 '예쁜 옷을 즐기지 않고 군장을 즐기'는 여성 형상을 제창함과 동시에, 어느 측면에서는 서방과 '수정주의'의 영향이 존재하며, 나아가 어느 정도 이미 범람하고 있음을 지적하고 있다. 이러한 현상은 당시의 새로운 정세 아래에서 부르주아지의 생활 방식이 '권토중래(捲土重來)'[10]하는 것으로 받아들여져, 일부 프롤레타리아 혁명전사의 불만을 불러일으켰다. 이것은 곧 몇 년 뒤 '네 가지 낡은 것을 쓸어버리자'는 구호로 서막을 연 프롤레타리아 문화대혁명 중에, 홍위병과 조반파 노동자가 길거리에서 통이 좁은 바지를 잘라내고, 머리카락을 반쪽은 남기고 반쪽은 완전히 밀어버리며, 끝이 뾰족한 구두를 벗기는 유래가 되었다.

아마 당시의 몇몇 예술 형상 역시 17년 동안의 여성 형상의 형성과 변화에 보완적 역할을 했을 것이다. 예술 형상은 당시의 사회 풍조를 구현함과 동시에 이데올로기의 제약을 받는데, 흔히 사회가 요구하고 허락하는 여성 형상을 꽤 전형적으로 표현해냈다. 문예 방면에서 신중국은 물론 노동자·농민·병사를 묘사하도록 제창했으며, 문예가 노동자·농민·병사를 위해 봉사하도록 요구했다. 옌안 시절 초기에 마오쩌둥은 뒤집힌 역사를 다시 뒤집어엎으라고 제창했다. 그는 왕후장상(王侯將相)과 재자가인(才子佳人)이 무대를 점령한 형국을 뒤바꾸어, 노동자·농민·병사가 무대의 주인이 되도록 했다.

을 맨 그대 모습. 동트는 새벽빛 훈련장을 비추도다. 중화의 아들딸들 품은 뜻 장하여, 예쁜 옷을 즐기지 않고 군장을 즐기도다(颯爽英姿五尺槍, 曙光初照演兵場. 中華兒女多奇志, 不愛紅裝愛武裝)."–역주

10 어떤 일에 실패한 뒤에 힘을 가다듬어 다시 그 일에 착수함을 비유하여 이르는 말이다.–역주

동북지역을 해방시킨 해방군은 창춘(長春)영화제작소를 접수한 후 최초의 영화를 제작했다. 그것은 바로 항일 영웅인 자오이만(趙一曼)이라는 여성을 찬양하는 예술영화였다. 신중국이 정식으로 수립된 후, 영화와 연극 무대에 여성 모범노동자를 주인공으로 삼아 방직공장의 여성노동자를 그려낸 〈홍기가(紅旗歌)〉가 나타났다. 농촌에서 도시로 막 진입한 신문예 공작자들은 여성 노동자를 제대로 알지 못했다. 그래서 이들의 예술 형상은 평범하고 단조로우며 색채감이 부족하여, 많은 관중들을 끌어들이기 어려웠다.

당시에 널리 환영받으면서 관중에게 깊은 인상을 남긴 것은, 억압에서 해방된 농촌의 딸의 형상이었다. 톈화(田華)가 주연한 영화 〈백모녀〉와 신펑샤(新鳳霞)가 주연한 평극 〈류챠얼(劉巧兒)〉이 한 시대를 풍미했으며, 그녀들의 형상은 거의 모든 사람에게 알려졌다. 험한 고생을 겪고 원한이 사무친 농촌의 딸이 귀신에서 인간으로 변하는 이야기는 당시 힘써 추진하던 문예 방향에 부합되었다. 이와 함께 두 명의 소녀 주인공은 부친의 사랑스런 딸이자, 해방된 후 강제혼인의 구습을 용감하게 깨트린 채 자신이 선택한 상대와 열애하는 소녀이다. 이들은 모두 어리고, 천진난만하며 아름다워, 관중의 사랑을 폭넓게 받았다. 해방되기 전 그녀들은 비록 낡고 허름한 옷을 입고 있었으나, 그래도 여전히 여성의 윤곽을 간직하고 있었다. 시얼(喜兒)의 땋은 머리에는 여전히 빨간 머리끈이 장식되어 있었다. 해방된 류챠얼(劉巧兒)은 해방 후의 행복한 생활을 실현하기 위해 밝고 산뜻한 옷을 입었다. 그녀의 눈부신 모습은 사람들의 눈길을 끌었으며, 연기자인

평극배우 신펑샤(新鳳霞)가 집에서 곱게 머리를 빗고 치장하는 모습.

신펑샤의 타고난 아름다움이 더해져 갈채를 받았다. 노동부녀자가 해방을 얻은 뒤, 특히 '대약진운동'과 '인민공사'를 몸소 체험한 후, 새로운 사회는 여성들에게 노동에 참가할 것을 호소했다. "시대가 달라졌고, 남녀는 모두 같아졌다. 남자들이 해낼 수 있는 것은 여자들도 할 수 있다." 가정과 사회에서의 여성의 지위에 무언가 변화가 생기기 시작했다.

1950년대 말 쟝루이팡(張瑞芳)이 주연한 영화 〈리솽솽(李雙雙)〉은 이러한 변화를 반영하는 대표작이다. 쟝루이팡은 용기있게 말하고 행동하며, 작은 가정을 벗어나 공동체에 관심을 가지며, 매우 이기적인 남편에게 용감하게 저항한다. 뿐만 아니라 말단 간부의 불공정한 일처리를 용감하게 비판하며, 시원시원하면서도 전통적인 부녀자의 온순하고 선량한 성품을 잃지 않는 신농촌의 여성 형상을 갖고 있다.

이밖에, 1950년대 말 60년대 초에는 소수민족 소녀와 혁명적 지식여성을 주인공으로 하는 영화들이 나타나기도 했다. 전자로는 〈아스마(阿詩瑪)〉, 〈다섯 송이 금꽃(五朶金花)〉이 있고, 후자로는 〈청춘의 노래(靑春之歌)〉가 있다. 이 두 부류의 여성 형상의 출현은 한동안 회색 일변도의 무미건조한 은막의 상황을 깨트렸다. 3년 동안의 자연 재해 등 냉혹한 시련을 겪은 후, 긴장과 좌절을 겪은 인민대중의 정서는 위로와 조정이 절실히 필요했다. 이 영화는 바로 이와 같은 사회적 요구에 응하여 만들어진 것이었다. 영화는 스크린 위의 여성 형상에 생동적인 색채를 첨가했을 뿐만 아니라, 이와 동시에 시대의 곡절을 완화하는 기능을 담당했다.

영화배우 쟝루이팡(張瑞芳).

이들 영화는 우선 소수민족 여성을 선택하고 대단히 조리 있고도 분명하게 전개되는데, 소수민족의 생활습관, 복식과 차림새가 나름의 특색이 있는지라 특정한 규칙의 제한에서 자유로울 수 있었다. 게다가 두 편의 영화 가운데 한 편은 민간 전설에서 따오고, 다른 한 편은 가벼운 희극의 형태이기에 제한을 한층 줄일 수 있었다. 이리하여 양리쿤(楊麗坤)으로 대표되는, 아름다운 옷차림에 감미로운 노랫소리, 맑은 눈과 하얀 이, 경쾌하고도 나긋나긋한 걸음걸이의 아리따운 여자들이 출현했다. 물론 한족 여성이 주인공인 영화는 동일한 효과를 낼 수 없었다.

한편, 카메라를 역사로 돌린 일부 감독들은 1920년대와 30년대, 40년대로 방향을 바꾸어 당시 혁명에 투신하거나 혁명사상을 막 접하고 각성한 젊은 여성을 표현했다. 이리하여 〈청춘의 노래〉, 〈초봄 2월(早春二月)〉이 만들어졌다. 아마 〈무대자매(舞臺姐妹)〉 역시 이러한 부류의 영화에 포함될 것이다. 이들 영화의 배역들은 모두 혁명을 추구하고, 혁명에 의해 구원받는 범주에서 벗어나지 못했지만, 당시 현실 속의 노동자·농민·병사의 생활과 비교하면 훨씬 다양하고 다채로웠다.

그녀들의 출현은 1950년대 이후 점차 사라진 도시의 여성 형상을 다시 한 번 표면에 떠오르게 했다. 이 두 편의 주인공인 양리쿤과 셰팡(謝芳)은 당시 젊은 여성들의 우상이 되었으며, 셰팡이 연기한 린따오징(林道靜)의 몸에 꼭 맞는 치파오 위의 긴 스카프는 한때 크게 유행하기도 했다. 그렇지만 호시절은 오래가지 않았다. 문화대혁명이 시작되기 2년 전에 이들 영화는 이미 독초로 선포되었으며, 영화 속의 인물 형상은 자본주의를 복벽하

는 선봉으로 비판받았다. 이로써 시대와 여성의 형상은 또 한 차
례의 변화를 겪을 것을 예고했다.

人民政治協商會議
第一屆全體會議

신중국 제1차 정치협상회의상의 여성 대표들. 앞줄 왼쪽부터 허상닝(何香凝), 쑹칭링, 덩잉차오(鄧穎超), 스량(史良). 가운데 줄 왼쪽부터 뤄수장(羅叔章), 차이창, 띵링. 뒷줄 왼쪽부터 리더췐(李德全), 쉬광핑(許廣平), 장샤오메이(張曉梅), 정센즈(曾憲植).

1949년, 중국 대륙에 경천동지의 대변혁이 발생했다. 공화국의 젊고도 생기 넘치는 광경은 당시의 여성 형상을 명랑하고 즐거우며 자신감 넘치는 색채로 충만케 했다.

②

①

③

④

① 영화배우 수슈원(舒繡文)이 기쁨에 넘치는 표정으로 제1차 문예공작자대회에서 발언하고 있다.
② 요고(腰鼓)를 치는 여성들. 오른쪽 첫 번째는 영화배우 친이이다.
③④ 영화배우 바이양(白楊), 쟝루이팡이 기쁨에 넘쳐 제1차 문예공작자대회에서 발언하고 있다.
⑤ 막 도시로 들어가는 여성 간부.
⑥ 혁명 공작에 함께 참여한 남매.
⑦ 군대를 따라 남하한 여작가 루즈쥔(茹志鵑)의 늠름하고 생기발랄한 모습.
⑧ 군대를 따라 남하한 여성 간부.

⑤

⑥

⑦

⑧

① 신중국의 첫 세대 여성 비행사.
② 신중국 최초의 여성 장군인 리전(李貞).
③ 한국전쟁 당시의 여병.

① 더빙 작업을 하는 성우 장꾸이란(張桂蘭).
② '평화롭고 행복한 대로로 나아가라.' 전국체육대회
  에 참가한 여자 운동선수.
③ 해방의 기쁨이 충만한 농촌 여성.
④ 여작가 쭝푸(宗璞)가 『붉은 콩(紅豆)』을 쓸 무렵.

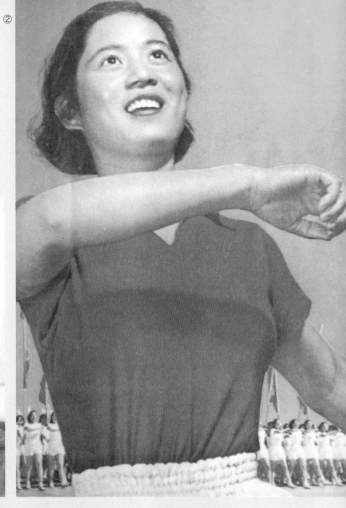

① 중국후생복지회의 바이올린 연주자.
② 신중국의 여성 간부.
③ 경운기 운전을 배우는 여대생.

①

②

④

① 조국의 꽃송이들.
② 풍족한 먹을거리와 옷을 잘 갖춘 가정주부.
③ 각계의 여성들: 노동자, 농민, 의사, 교사, 배우.
④ 칭화(淸華)대학교 외국어과의 1951년 학번의 학생들.

③

구 정권이 타도되면서, 시대 여성의 형상 역시 변화가 일어났다. 사회 하층에서 온, '인민대중이 주인'을 상징하는 여성 노동자, 즉 여성 농민과 여공은 시대의 중심무대로 올라와 시대 여성의 대표가 되었다.

① 우란무치(烏蘭牧騎 : 내몽고 자치구에 건립된 문예 선전대. 몽고어로 '붉은 가지'란 뜻으로, 십여 명으로 조직되어 초원의 거주지에 다니면서 문예공 연·정치선전 등을 행했다)의 아가씨.
② 1953년의 〈인민화보〉 위의 여성 농민.
③ 양계장의 새 농민.
④ 현대통신기술에 정통한 여성 민병.
⑤ 남해(南海) 여성 민병.
⑥ 젊은 여공 단장.
⑦ 선반 여공.

④

⑤

⑥

⑦

①

②

① 여성 전기용접공.
② 모범 여성 상품판매원.
③ 방직노동 모범인 황바오메이(黃寶妹)가 선명하고 산뜻한 옷과 장신구 차림으로 외빈을 접대하고 있다.
④ 방직여공이자 노동모범인 상스쥔(商式娟).
⑤ 꽃을 달려면 상으로 받는 커다란 붉은 꽃을 달아야 한다.
⑥ 생산전투의 전선으로 나서다.
⑦ 훈장을 가슴 가득 달고서.

③

④

⑤

⑥

⑦

①

① 1957년 모택동 주석이 신민주주의 청년단 제3차 전국대
　표대회에 출석한 여성 청년들과 함께한 모습.
② 방직공업 선진생산자 하오젠슈(郝建秀).

②

① 농촌에 정착하여 터전을 잡은 지식청년들.
② 1960년대 지식청년의 모범인 신형 농민 쉬젠춘(徐建春). 겨우 18세
  나이의 아가씨이다.
③ '특별한 아가씨' 허우쥔(侯雋). 농촌에 뿌리를 내린 대표적 지식청년.

②

①

③

노동자·농민·병사가 시대의 주인이 되자, 신
중국의 문예무대 역시 그들을 주요 표현대상으
로 삼았다.

① 마오쩌둥의 〈여민병의 사진에 부쳐(爲女民兵題照)〉라는 시
　가 발표되자, 여민병이 예술표현의 중심이 되었다.
② 해방군이 동북지역을 해방시켜 창춘영화제작소를 관리한
　뒤 처음으로 찍은 영화가 바로 항일 여자 영웅을 칭송한
　예술영화 〈자오이만〉이다.
③ 항일전쟁의 여자 영웅 자오이만(趙一曼, 1905~1936). 그
　녀는 동북항일연합군 제3군 제2단 정치위원을 지냈으며,
　1936년 8월 하얼빈에서 희생되었다.

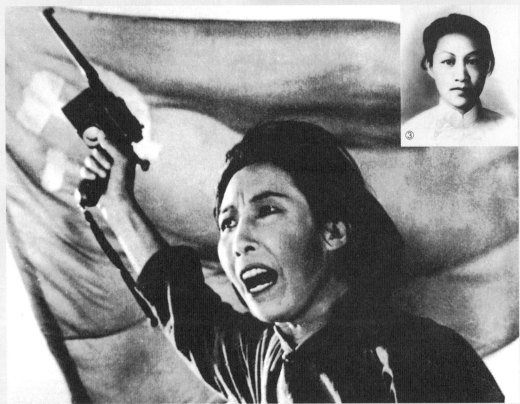

① 건국 초기에 널리 환영받고 관중들에게 깊은 인상을 남긴 것은 톈화 (田華)가 주연한 〈백모녀〉와 같은 해방된 농촌 딸의 형상이다.
② 영화 〈백모녀〉의 스틸.
③ 영화 〈우리 마을의 젊은이(我們村裏的年輕人)〉 속의 아름다운 여자 농민.
④ 해방된 류차얼(劉巧兒)은 선명하고도 산뜻하게 차려 입었으며, 게다 가 연기자인 신펑샤의 타고난 아름다움이 더해져 갈채를 받았다.

①

① 영화 〈봉황의 노래(鳳凰之歌)〉에서 농촌부녀자의 배역을 맡은 쟝루이팡.
② 쟝루이팡이 연기한 리솽솽(李雙雙)은 성격이 시원시원하고 억척스러우나 선량함을 잃지 않은 농촌부녀 형상을 대표했다.
③ 영화 〈고목이 봄을 맞다(枯木逢春)〉에서 쿠메이즈(苦妹子)의 배역을 맡은 여우쟈(尤嘉).
④ 은막 위의 노동 모범.
⑤ 농노의 딸 차이단줘마(才旦卓瑪)는 해방되었을 뿐 아니라, 유명한 가수가 되었다.
⑥ 온갖 고생을 겪었던 궈란잉(郭蘭英)은 가장 인기있는 인민 가수가 되었다.

②

③

④

⑤

⑥

①

②

③

① 1961년의 〈섬아가씨(海島姑娘)〉(유화)는 '소탈한' 미학풍격을 갖
   드러냈다.
② '위대한 삶, 영광스러운 죽음'의 류후란(劉胡蘭)은 신중국 부녀
   의 모범이 되었다.
③ 신중국 화단의 〈징강산부녀(井岡山婦女)〉

① 영화 〈씀바귀꽃(苦菜花)〉 속의 어머니는 강
  인한 북방 여성을 대표했다.
② 영화 〈홍색낭자군(紅色娘子軍)〉에 출연한
  주시쥔(祝希娟).

①

① 영화 〈옛 성에서의 전투(野火春風鬪古城)〉 속의 여성 비밀통신원(왕샤오탕
 (王曉棠)이 배역을 맡음)은 아름답고도 큰 두 눈을 지니고 있다.
② 영화 〈홍호 적위대(洪湖赤衛隊)〉의 여주인공.
③ 영화 〈뒤이어 오는 이가 있기 마련(自有後來人)〉의 여주인공 톄메이(鐵梅).

②

③

1949년부터 1965년까지의 17년
사이에, 남색이나 회색의 레닌복
외투와 바지는 당시 시대 여성
의 복식의 주류를 이루었다.

① 남성 스타일의 인민복을 입은 국가 부
　주석 쑹칭링.
② 레닌복을 입은 국가 부주석 쑹칭링이
　당시 유행하던 곱슬머리를 한 전국부
　녀연합회 주석인 차이창과 함께 자리
　한 모습.
③ 신중국 성립 초기에 상하이 여성들이
　세계 각국의 여성복을 입고서 여성의
　날인 3·8절을 경축하고 있다. 중국의
　여성 형상을 대표하는 것은 레닌복과
　군모이다.

189

① 영화 〈봄 강물은 동쪽으로 흐르네〉에서 '항전 부인'의 배역을 맡은 쉬슈원(徐綉文). 그녀가 입고 있는 옷은 레닌복이다.
② 영화와 연극에서 배우로 활약한 쑨징루(孫景璐)의 레닌복 속으로 은은하게 중국식의 꽃무늬 치파오 옷깃이 엿보인다.
③ 잘록한 허리에 멋진 레닌복이 더해져 또 다른 풍모를 느끼게 한다. 이는 도시의 일반 여성들의 심미관에 충격을 안겨주었다.
④ 레닌복 외투와 바둑판무늬의 스카프, 큰 컬의 파마머리는 당시의 모던한 치장이었다.
⑤ 레닌복으로 차려입은 강습반 교원.
⑥ 레닌복은 직업부녀자의 제복일 뿐 아니라, 뒷골목 가정주부들이 모던을 추구하고, '진보'를 표현하던 표지였다. 상하이의 루완취(盧灣區) 골목에서 레닌복 차림의 부녀자들이 핵무기 사용에 반대하는 서명을 하고 있다.

③

④

⑤

⑥

① 레닌복 외에 인민복도 있었다.
② 1953년 유명한 언어학자 저우여우꽝(周有光)의
　　부인 장윈허(張允和)의 모던한 치장. 레닌복 외에
　　소련식 큰 숄을 두르고 있다.
③ 1954년의 푸단대학교 생물과 학생들.

①

②

① 레닌복 차림의 측량조사원.
② 인민복 차림의 농업대학 여대생.

레닌복은 상당히 오랫동안 줄곧 주류의 지위를 차지했지만, 다른 복장 역시 '보완'적인 옷차림으로서 여전히 존재했다. 남색과 회색의 물결에서 드문드문 여러 가지 색깔이 반짝였고, 한때 알록달록한 광경을 연출하기도 했다.

① '조국이 가장 원하는 곳으로 간다.' 왕단펑(王丹鳳)이 주연한 《간호사일기(護士日記)》는 진보적 사상을 선전할 뿐 아니라 '아름나운 옷차림'을 시범적으로 보여주었다. 파마머리와 바둑판 스카프 그리고 제복의 외투를 입고 있다.
② 꽃무늬 두건을 두르고, 모피 코트를 입은 일반 여성들이 '자본주의적 상공업에 대한 사회주의적 개조'를 지지하고 있다.
③ 군복을 벗고서.
④ 원피스를 입은 여대생.

① 원피스를 입은 영화배우 왕단펑(王丹鳳).
② 문화대혁명 중에 극좌정치에 반대했던 영웅 장즈신(張志新)이 1952년 중국인민대학교에서 공부하던 시절에 찍은 기념사진.
③ 신중국 건립 초기의 북경대학교 학생들. 이들 대다수는 직장에서 선발된 학생들이다.

① ②

③

④

①② 영화 〈이디지도 티징히네(姊姊妹情)〉 가문네의 스틸. 원피스와
치파오가 병존하고 있다.
③ 산뜻하고 다채로운 복식 차림의 각 민족 여대생들.
④ '충분한 전류는 가정주부들에게 편리함을 가져다주었다.' 우선 무
늬있는 옷을 다림질하는 데 사용할 수 있었다.

①

②

③

④

① 치파오 차림의 전통 트레머리를 한 산부인과 전문의 린챠오
  즈(林巧稚)(오른쪽).
② '우유를 전기로 끓일 수 있다.' 자잘한 무늬의 치파오를 입은
  가정주부가 앞장서서 '현대화'로 진입하고 있다.
③ 1950년대 말의 가족사진. 시어머니가 입고 있는 것은 여전
  히 이전 시대 스타일의 치파오인데, 며느리는 당시 유행하던
  홑옷을 입고 있다.
④ 옷섶을 열어젖힌 스웨터와 모직바지 차림의 여성교원의 멋
  지고도 품위 있는 모습.

① 영화계의 4대 여배우. 친이(秦怡, 왼쪽에서 두 번째),
   바이양(白楊, 왼쪽에서 첫 번째), 장루이팡(張瑞芳, 왼
   쪽에서 세 번째), 쉬슈원(徐繡文, 오른쪽에서 첫 번
   째)이 덩잉차오(鄧穎超)와 함께.
② 외국 방문길의 여배우들.

②

①

②

① 여작가 루즈젠(茹志鵑)이 해외 방문을 위해 새 옷
  을 지었다.
② 양장 차림에 목걸이를 한 여성과학자 리민화(李敏
  華).
③ 머리를 땋고 짧은 머리를 하는 것이 당시 대부분
  젊은 여성들의 치장이었다.
④ 화난농학원(華南農學院)의 학생.
⑤ 바둑무늬 디자인은 당시 유행하던 모양 중의 하
  나이다.
⑥ 영화 〈행복(幸福)〉의 여주인공이 입은 원피스는 수
  많은 여성들이 따라 입었다.

③

④

⑤

⑥

① '수정주의 반대 및 방지'운동을 전개할 즈음의 기관 간부.
② 정교하고 세밀한 촬영은 정치(精緻)한 화장을 더욱 두드러지게 했다.
③ 어민평생학교에서의 화사한 색채감.
④ 1960년대 대학생들.
⑤ 자잘한 무늬의 셔츠를 입은 젊은 여성.

①

②

④

③

① 작고 둥근 옷깃의 민소매 블라우스가 소박하면서도 우아하다.

② 젊은 영화배우 주시쥔(祝希娟)이 〈홍색낭자군(紅色娘子軍)[징화(瓊花) 역을 맡음]의 '영자'에서 돌아와 흰색 셔츠와 꽃무늬 치마로 갈아입었다.

③ 천극(川劇 : 사천지방의 지방극) 배우인 랴오징치우(廖靜秋)의 모직 외투 역시 바둑무늬 모양이다.

④ '열렬한 환영' 대오 속의 여성들은 복장이 산뜻하며 아름다울 뿐 아니라, 화장한 흔적도 선명하게 드러나 보인다.

신중국이 이데올로기 영역에서 '백화제방(百花齊放)'을 강조함에 따라, 사회적 분위기는 상대적으로 느슨해졌으며, 인민대중의 물질생활 또한 해방 초기에 비해 개선되었다. 이리하여 부녀자들의 복식에 대한 금기 역시 한층 느슨해져, 각종 치마의 디자인이 새로워졌을 뿐 아니라 전통적인 치파오도 다시 나타나기 시작했다.

*공사합영을 이룬 화양(華洋)담배회사의 전임 이사장의 부인.

①

②

④

① 영화배우 바이양.
② 신중국 수립 초기의 외교관 부부.
③ 1950년대 초의 치파오는 옷깃과 소매 모두 예전의 스타일을 따랐다.
④ 공식적인 사교, 특히 외교활동에서 여배우들은 늘 치파오를 입었다.

③

① 치파오를 입은 여배우들.

② 1962년 인도네시아를 방문한 국가주석 류사오치(劉少奇)의 부인 왕광메이(王光 美)가 몸에 꼭 맞는 치파오를 입고 있다.

③ 인도네시아에서의 왕광메이.

④ 1950년대 치파오를 짧게 잘라 넓은 깃의 웃옷으로 개조해 입은 '궈씨집 넷째 아가씨'.

⑤ 치파오, 하이힐, 양산을 통해 1960년대의 사회 분위기를 엿볼 수 있다.

⑥ 건설을 지원하기 위해 란저우(蘭州)에 간 상하이 여성들. 이들의 옷차림은 한때 유행했던 '비파 단추'가 달린, 안감을 댄 중국식 저고리이다.

④

⑤

⑥

207

이 시기 여성의 차림새에서 사람들의 눈길을 끈 것은 헤어스타일의 변화이다. 오랜만에 다시 보는 롤링 파마, 각종 스타일의 첸류하이(前劉海), 형형색색의 쪽머리와 파마한 '포니테일'이 잇달아 나타났다.

① 여성 과학자의 곱슬머리는 그녀의 학자다운 기질과 전혀 어긋나지 않는다.
② 날염공과 기술자의 직책은 다르지만, 헤어스타일은 똑같이 모던화해 있다.
③ 이발은 '예술'로서, 여성의 파마는 더욱 그러하다. 상하이의 유명한 바이러먼(百樂門) 미용원의 미용사가 멋쟁이 여성에게 파마를 해주고 있다.

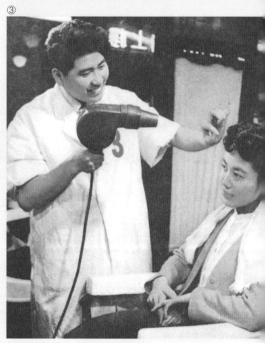

① (왼쪽부터) 풍량식(風涼式 : 머리를 띄우는 스타일), 발계식(髮髻式 : 트레머리 스타일), 유해식(劉海式 : 앞머리를 내는
　 스타일). 도시 여성들의 다양한 헤어스타일을 엿볼 수 있다.
② 새로 지은 북경영화현상인화소에서 일하는 여성 기술자. 곱슬거리는 헤어스타일이 대단히 화사하다.
③ 파마머리 외에 땋은 머리 역시 다양한 스타일을 만들었다.

1950년대 말 60년대 초에는 소수민족 소녀와 혁
명적 지식여성을 주인공으로 하는 영화들이 나타
나기도 했다. 3년 동안의 자연 재해 등 냉혹한 시
련을 겪은 후, 긴장과 좌절을 겪은 인민대중의 정
서는 위로와 조정이 절실히 필요했다. 이들 영화
와 그 속의 여성 형상은 바로 이와 같은 사회적
요구에 응하여 만들어진 것이었다.

①

① 영화 〈아스마(阿詩瑪)〉의 스틸.
② 이족(彝族) 배우 양리쿤(楊麗坤)이 출연한 〈다섯 송이 금꽃(五
朵金花)〉과 〈아스마〉는 이제껏 음울했던 스크린에 선명하고도
아름다운 색채를 가져다주었다.
③ 영화 〈다섯송이 금꽃〉의 스틸.

②

③

① 광서(廣西) 장족(壯族) 소녀를 주인공으로 한 영화 〈류싼제(劉三姐)〉의 스틸.
② 작가 양모(楊沫)의 소설을 재구성한 영화 〈청춘의 노래〉는 도시 지식여성들을 다시 한 번 수면 위로 떠오르게 했으며, 주연 린 따오징(林道靜)의 배역을 맡은 세팡(謝芳) 역시 당시 젊은 여성들의 우상이 되었다.

①

②

③

④

① '수정주의 반대 및 방지'운동과 '혁명 후세대를 양성해야 한다'는 시대적
　요구 아래, 〈젊은 세대(年靑的一代)〉처럼 소박하면서도, 가장 험난한 곳을
　찾아가 자신을 단련하는 젊은 여성 형상이 출현했다. 군복 스타일의 평
　상복과 화사한 바둑판무늬 셔츠는 당시의 소박한 아름다움을 대표할 뿐
　아니라, 얼마 후 시작된 문화대혁명기의 여성 복장의 기원이 되었다.
② 〈빙산에서 온 손님(氷山上的來客)〉의 여주인공.
③ 위구르족 소녀를 주인공으로 한 영화 〈아나얼한(阿娜爾罕)〉의 포스터.
④ 〈아나얼한〉의 여주인공.
⑤ 〈젊은 세대〉와 일맥상통한 잡지의 표지에 실린 '혁명계승자'들. 군복이
　다시 한 번 사람들의 시선을 끄는 초점이 되었으며, 새로운 '형상미'가
　형성되고 있음을 예고했다.

⑤

예쁜 옷보다
군장이 좋아

문화대혁명기에는 씩씩하고 전투적으로 보이는 '애무(愛武)'
가 여성 치장의 기본 요소였다. 그러나 초기의 여성 형상은
결코 여성적 특징을 상실하지 않았다. 여성의 사회 형상은
내면뿐만 아니라 외면에서도 전통과 철저한 '규열'을 일으켰다
꽤 뒤늦게 생겨난 본보기극 〈항구(海港)〉 등에 이르러, 여성의 남성
화는 어느덧 시대의 주류를 이루게 되었다.

일찍이 1960년대 초, 위대한 지도자 마오쩌둥은 유명한 〈여민
병의 사진에 부쳐(爲女民兵題照)〉라는 시에서 이렇게 노래했다.
"씩씩하고 늠름하네, 총을 맨 그대 모습. 동트는 새벽빛 훈련장
을 비추도다. 중화의 아들딸들 품은 뜻 장하여, 예쁜 옷을 즐기
지 않고 군장을 즐기도다." 하지만 그 당시 특정한 경우를 제외
하고는, 대부분의 여성이 이렇게 치장할 필요나 가능성은 거의
없었다. 문화대혁명이 발생하고서야 상황은 변하기 시작했다.
1966년 8월 18일, 칭화(清華)부속중학의 여자 홍위병이 군장(軍
裝)을 한 채 천안문 성루에 올랐다. 이 여학생은 위대한 지도자의
접견을 받고, 지도자의 팔에 붉은 완장을 달아 주었다. 이 사진
은 당시의 크고 작은 신문들에 널리 실렸다. 이때부터 '예쁜 옷
이 아닌 군장'은 혁명의 상징이 되었을 뿐 아니라, 시대의 유행
이 되었다.

　전체적으로 당시의 여성 형상을 보면, '군장'이 하나의 기본요
소였다. 당시의 중요한 접견에서 위대한 지도자는 '빈빈(彬彬)'이
라는 여성 홍위병에게 "씩씩해야지!(要武)"라고 말했으며, 이 때
문에 '빈빈'은 자신의 이름을 '야오우(要武)'로 바꿨다. 이리하여
'요무(要武)' 또는 '애무(愛武)'의 군장은 여성 형상의 기본규칙이
되었다. 특히 대학교, 중고등학교의 여학생들은 잇달아 예전에
집에서 즐겨 입던 꽃무늬천 옷을 내던진 채, 초록색의 군장이나
군장을 흉내낸 옷을 일상복으로 삼았다. 군장으로 감싸인 여학
생들의 젊은 신체는 어색하고 낯설면서도, 늠름하고 씩씩한 자
태를 드러냈다. 군장과 함께 유행한 것은 어깨에 메는 군용 책가
방과 팔뚝의 붉은 완장이었다. 여군은 당시 사람들의 눈길을 가

한 가닥 앞머리를 보고서야 '알고 보니
여병'임을 드러냄.

장 많이 끄는 여성 형상이었고, 이로 인해 "나는 군인이 되겠다"는 것은 많은 여성의 '최고 이상'이 되었다. 여군이 된다는 것은 '혁명'적 신분을 상징할 뿐만 아니라, 동시에 '정통'의 '군장' 치장을 의미했다. '군장'이 주도하던 시대에 정식 군장을 갖는다는 것은, 오늘날 사람들이 명품을 추구하고 갖는 것과 똑같은 의미를 지녔다.

그러나 문화대혁명 초기의 여성 형상을 보면, 부대의 여군이든 홍위병이든, 모두들 아직 그녀들의 여성적 특징과 '아름다움을 추구하는 천성'을 완전히 상실하지는 않았다. 특히 문화선전공작단원과 '마오쩌둥사상 선전소조'의 구성원들은 종종 '애무(愛武)'의 군장에 온갖 여성스러움을 더해 개조하기도 했다. 상의에 허리선을 드러내고, 길이를 고치는 등, 몸에 꼭 맞으면서도 여성의 곡선미가 드러나도록 개조했다. 문화대혁명 초기의 여성 형상이 상당 부분 여성적 특징을 그대로 지니고 있었던 것은, 그 당시 시대무대에서 활약하던 문예소조의 대원이든, 광활한 대지에서 혁명에 대한 충성을 단련하던 여성 지식청년이든, 모두들 대단히 젊은 여성들이었다는 사실과 밀접한 연관이 있다. 청춘의 활력은 그녀들이 화장기 없는 맨얼굴을 하고, 검소한 옷차림을 할지라도 절로 밝고 아름다운 빛을 발산하게 했으며, '군장'은 때로 그녀들에게 '시원시원'한 영웅의 자태를 더해주었다.

젊은 여성을 주인공으로 하는 상황은 초기의 본보기극[01]에도

---

01 본보기극, 즉 양반희(樣板戱)는 1960년대에 선개된 경극의 현대화운동에서 제기되었다가, 문화대혁명기에 정치성이 강한 극으로 정형화된 극을 가리킨다. 대표적인 본보기극으로는 〈홍등기(紅燈記)〉, 〈사쟈방(沙家濱)〉, 〈지략으로 위호산을 취하다(智取威虎山)〉, 〈백호부대를 기습하다(奇襲白虎團)〉 등의 현대경극 그리고 〈백모녀〉와

문화대혁명기에 해방된 여성 지식청년.

존재했다. 사람들은 흔히 본보기극의 인물 형상을 자연적 성징(性徵)이 지워진 '중성화 기호'로 간주한다. 실제로 초기의 본보기극인 〈홍등기(紅燈記)〉, 〈백모녀(白毛女)〉, 〈홍색낭자군(紅色娘子軍)〉 등에는 모두 신분이 확실한 한 명의 남성도 있고, 형상이 선명한 여성도 있다. 전자는 공산당의 화신이고, 후자는 계몽과 구원을 기다리는 연약하고 여린 여성이다. 리위허(李玉和)와 톄메이(鐵梅), 따춘(大春)과 시얼(喜兒), 홍창칭(洪常青)과 우칭화(吳清華)가 그러하다. 이들 여성 형상은 모두 대단히 젊다는 것을 금방 알 수 있는데, 이것은 시얼(喜兒), 톄메이(鐵梅), 충화(瓊花)의 형상이 당시의 여성들에게 훨씬 더 많이 모방되었던 이유이기도 했다. 이들 젊은이의 형상에는 다소나마 지울 수 없는 여성적 특징이 남아 있다. 〈홍색낭자군〉의 여성이 발레라는 무도언어로 시적인 아름다움을 더했다면, 경극 〈홍등기〉 속의 톄메이의 강인함은 꽉 깨문 잇새로부터 '뼈에 사무친 한이 싹을 틔울' 때의 화난 얼굴로 표현되고, 또한 '눈썹을 곧추세우고, 눈을 부릅뜬' '차가운 아름다움'의 범주를 벗어나지 않았다. 아울러 아버지 곁에서의 천진난만함, 예쁘게 단장한 옷차림과 공들여 만든 앞머리 등은 모두 톄메이의 활달함과 아름다움을 한껏 드러내주었다. 〈백모녀〉의 경우, 사람도 아니고 귀신도 아닌 '백발선녀'인 시얼은 해방된 후 새로이 붉은 상의와 녹색 바지를 입는데, 이것이 드러내는 것은 바로 여성화의 의미이다. 〈지략으로 위호산을 취하다(智取威虎山)〉의 샤오창바오(小常寶)는 토비[02]

〈홍색낭자군(紅色娘子軍)〉 등의 발레극 등이 있다.-역주

02 떼지어 다니면서 살인과 약탈을 일삼는 도적들을 일컫는 말이다.-역주

의 박해를 피하기 위해 남장을 하는데, 가슴속 깊이 '오로지 하루빨리 여자로 치장할 날만을 기다린다.' 드디어 해방군이 토비를 소탕하는 날, 샤오창바오는 다시 그녀의 여성복으로 갈아입는다. 이러한 예들은 물론 줄거리의 필요에 따른 것이지만, '구원'의 주제를 더욱 분명하게 드러내기 위해 무의식중에 시대 여성의 형상이 상당한 정도의 여성화를 간직하도록 했던 것이다.

여성의 사회 형상이 내면뿐만 아니라 외면에서도 전통과 철저한 '균열'을 일으킨 것은, 1970년대 중기에 나온 경극 〈항구(海港)〉, 〈용강송(龍江頌)〉, 〈두견산(杜鵑山)〉 등이었다. 비교적 뒤늦게 정형화된 이들 본보기극에는 대부분 대단히 '위대한' 여주인공이 등장하는데, 이들은 극 속에서의 지위가 제고됨에 따라 더 이상 구원받는 자가 아니라, 자신이 곧 당의 화신이었다. 예컨대 지부 서기인 팡하이전(方海珍)과 쟝수이잉(江水英), 당 대표인 커샹(柯湘) 등 초기 본보기극에서는 일반적으로 남성이 맡던 배역이 이제는 모두 '여성 인물'의 특허가 되었다. 이에 따라 이들의 외재(外在) 형상 역시 심각하고도 중요한 변화를 일으켰다. 초기 본보기극 속의 톄메이와 같은 소녀와 달리, 당의 화신을 대표하는 이들 여성 인물은 예외 없이 모두 중년 여성인데다가, 대부분 짙은 눈썹과 부리부리한 눈을 지니고 있으며, 일거수일투족이 남성과 같은 강인함과 과감함으로 충만해 있다. 지금까지의 신중국 예술 속에서 많은 우여곡절을 거쳤으나, 톄메이나 시얼 및 〈청춘의 노래〉 속의 린따오징처럼 끊임없이 떠올랐던 젊은 여성 형상이 여기에서 끊기고 말았다.

〈홍등기〉 속의 톄메이가 약간이나마 여성화의 가능성과 만족

"뼈에 사무친 한이 싹을 틔우려 하네."
(경극 〈홍등기〉)

을 가져다주었다고 한다면, 〈항구〉 등의 본보기극은 더욱 광범한
여성의 남성화 경향을 초래했다고 할 수 있다. "시대가 달라졌
어, 남녀는 모두 똑같아." 원래 여성의 지위를 향상시키기 위한
지도자의 이 명언은, 문화대혁명 후기에 여성의 사회적 역할 증
가 및 외재 형상의 변화에 대한 요구로 더욱 발전했다. 여성들은
남성들과 똑같은 의무를 지고, 똑같은 일을 하며, 똑같은 사회
적 역할을 분담하는 동시에, 남성과 똑같은 회색, 흑색 및 남색
의 의복을 입었다. 짙은 눈썹과 부리부리한 눈의 광하이전과 호
응하고, 또 당시의 각종 시각매체가 형상화하려고 애쓴 것은 바
로 '여장부' 스타일의 여성 형상이었다. 철탑과도 같은 체격, 괄
괄한 풍격, 꾸미지 않은 얼굴 생김새는 '호방 미학'의 시대적 취
향을 드러냈다. 영화 〈바다노을(海霞)〉은 마치 이를 수정이라도
하듯, 사과처럼 건강하고 둥근 얼굴(부르주아지 아가씨나 부인의 갸
름한 얼굴과는 다르다)의 여주인공을 출현시켰으나 얼굴 표정은 늘
엄숙했다. 이 '호방' 미학관은 한 세대 여성의 삶과 형상 창조에
깊은 영향을 미쳤다. 남성화를 숭상하는 이러한 시대 풍조에도
불구하고, 일부 멋쟁이 여성들은 여전히 그들 나름대로 지혜를
짜내어 '혼돈'의 와중에서도 조금이나마 여성적 색채를 가미했
다. 그들은 남색의 덧옷 위에 레이스를 두른 옷깃을 덧대고, 라
인이 없는 커다란 상의를 쥐어 잡아 허리선을 드러내기도 했으
며, 심지어 밀짚모자나 면수건 같은 일상적인 노동용품조차 장
식품으로 만들었다. 이러한 가운데 끝내 저버릴 수 없는 완강함
이 어린, 멋을 내고 싶은 마음을 엿볼 수 있다. 그러나 주도적인
경향으로서의 여성의 남성화는 확실하게 시대의 주류가 되었으

광활한 대지에서의 학습.

며, 그 영향은 문화대혁명이 끝난 1976년 전후까지 계속 이어졌다.

이러한 경향과 관련하여 1980년대 초에 폭넓은 반향을 일으킨, 여작가 장신신(張辛欣)의 중편소설 『나는 어디에서 당신과 스쳐 지났을까?(我在哪兒錯過了你?)』는 생동감 넘치는 시대적 텍스트였다. 문화대혁명이 시작되었을 때는 바로 그녀 자신의 생명이 성장하기 시작한 시기였으며, 청춘의 시절은 온통 문화대혁명의 세월 속에서 지나가고 말았다. 그래서 그녀는 좌경화한 정치 아래에서 '여성'의 말살됨에 유독 민감했다. 소설은 문학적 재능을 지닌 버스 안내양이 그녀가 마음에 두었던 남자와 '엇갈리는' 이야기를 묘사하고 있다. 그녀는 사랑에 빠진 남자와 정거장에서 이렇게 만난다.

황무지를 개간하는 전사.

"나(여주인공)는 두말하지 않고, 차문 입구에 몰려 있는 사람들을 헤치고서, 마지막으로 막 올라타 온몸이 아직도 차밖에 매달려 있는 사람을 밀어내버렸다." "나는 온몸의 힘을 다 썼다. 어깨로, 허리로, 두 손으로, 또 두 다리에 입까지. 머리카락이 눈에 붙어 있었지만, 손을 들어 어찌해 볼 도리가 없었다." "때때로 그녀가 안내양들의 거의 구별되지 않는 직업적인 어조로, 여성의 촉촉하고도 듣기 좋은 음성을 감춘 채 큰소리로 도착역을 알리는 목소리를 들려주지 않았다면, 그녀가 입고 있는, 전혀 몸매가 드러나지 않는 낙타털 옷깃의 짧은 남색 외투는 틀림없이 회색이나 남색의 인파 속에 묻혀버리고 말았을 것이다."

이처럼 성별이 모호한 형상이라면, 그녀가 사랑에 빠진 남성과 스쳐 지나치리라는 것은 말할 나위도 없다. 그러나 '그녀'의 처지와 형상은 극히 드물지도 않았고, 주인공의 일시적인 추태도 물론 아니었다. 그것은 오히려 시대가 빚어낸 것이었다. 이 시대는 거의 모든 젊은 여성에게 남성과 똑같은 일을 하고, 남성과 똑같은 노동력을 제공하도록 요구했다. 인생에서 가장 멋을 내는 나이였지만, 몇 벌의 단조로운 옷을 이리저리 바꾸어 입을 수밖에 없었다. '모두가 똑같다'는 기준이 여성의 현실적 처지를 이같이 만들었을 때, 그들의 행동과 용모, 일거수일투족에 남성화의 흔적이 깊이 아로새겨졌다 해도 별반 놀랄 일은 아니었다. 이렇게 왜곡된 여성의 남성화 현상은 새로운 사회 변혁이 도래하기를 기다려서야 타파될 수 있었다.

군장은 당시에 가장 유행하던 복장이었다. 시대 여성, 특히 대학생과 중고등학생들 대부분이 군장을 자신의 일상복으로 삼았다.

① 격동의 시간.
② 톈안먼(天安門) 성루 아래에서 위대한 지도자를 접견하는 모습.

①

② 군복을 입은 홍위병의 생경하
  면서도 씩씩한 모습.
② 마오쩌둥사상 선전대 가운데
  여성 대원.

① 행군을 마친 후 팔에는 붉은 완장
 을 두르고, 손에는 마오쩌둥의 어
 록을 받쳐 든 채 찍은 기념사진.
② "마오쩌둥 주석은 손을 흔드시고,
 나는 전진하네."

①

②

①

②

③

④

⑤

① 여작가 루싱얼(陸星兒)이 1965년 헤이룽장(黑龍江)에 가기 전에 찍은 사진.
② 여작가 왕저우성(王周生)이 1968년 하향(下鄉)하기 전에 찍은 사진.
③ 18세 때 군대에 들어간 여작가 장신(張欣). '정통적인' 군복과 군모를 착용하고 있다.
④ 상하이동방방송국의 프로그램 진행자인 춘즈(淳子)의 문화대혁명기의 가장 큰 바람은 "나는 군인이 되렵니다"였다.
⑤ 여자 스타일의 군장.

초기의 본보기극에는 모두 신분이 확실한 한 명의 남성도 있고, 형상이 선명한 여성도 있다. 이 모든 것이 구상의 필요에 따른 것임은 물론이지만, 알지 못하는 사이에 본보기로서의 시대 여성의 형상이 상당한 정도의 여성화를 지니도록 했다. 여성 형상이 내면뿐만 아니라 외면에서도 전통과 철저한 '균열'을 일으킨 것은, 1970년대 중기에 나온 경극 〈항구(海港)〉, 〈용강송(龍江頌)〉 등의 극에서였다. 당의 화신을 대표하는 이들 여성 인물은 모두 짙은 눈썹과 부리부리한 눈을 지닌 중년의 부녀자였다. 신중국 예술 속의 젊은 여성 형상의 전통은 여기에서 끊기고 말았다.

①

① 잇새로 "뼈에 사무친 원한이 싹트려 하네"를 토해내는 톄메이(鐵梅)(경극 〈홍등기〉). 그녀의 '곧추선 눈썹과 부릅뜬 눈'의 차가운 아름다움.
② 해방된 후의 시얼(喜兒)(발레극 〈백모녀〉)은 다시 붉은 웃옷에 녹색 바지를 입었다.

②

① ②

① ② 여성의 극중 지위가 제고됨에 따라, 여성의 외재 형상에도 변화가 일어났다. 〈용강송〉의 장수이잉(江水英, 왼쪽)과 〈항구〉의 팡하이전(方海珍, 오른쪽)은 모두 짙은 눈썹에 부리부리한 눈을 지닌 건장한 중년 부녀자이다.

③ 낭자군전사인 우칭화(吳淸華)(발레극 〈홍색낭자군〉)의 늠름하고 씩씩한 자태.

③

경극 〈두쥐산(杜鵑山)〉의 당 대표 커샹(柯湘)은 복장과 헤어스타일에 '여성미'의 요소가 있긴 하지만, 전체적인 형상은 오히려 높은 곳에서 내려다보는 기세를 띠고 있다.

① 늠름하고 씩씩한 자태.
② '나는 바다제비.' 이 말은 바다제비처럼 광풍과 폭우도 두려워하지 않는 호방함을 아름다움으로 간주한 시대 풍격을 상징하고 대표한다.
③ 영화 〈바다노을〉.

③

남성화를 숭상하는 이러한 시대에도 불구하
고, 일부 멋쟁이 여성들은 여전히 그들 나름
대로의 지혜를 짜내어 '혼돈'의 와중에 조금
이나마 여성적 색채를 가미했다. 그러나 주
도적인 경향으로서의 여성의 남성화는 확실
하게 시대의 주류가 되었다.

① 문화대혁명 시절의 여작가 주린(竹林).
② 광활한 대지에서 충성심을 단련하지만, 꽃무늬 셔츠는
　 여전히 '여성미'를 지니고 있다.

① 청춘의 활달함은 여성미가 존재할 수 있는 중요한 요소이다. 밀짚모자와 수건 역시 치장의 요소가 되었으며, 게다가 마오쩌둥 배지까지 달았다.

② 고달픈 노동도 청춘의 풍모를 감출 수는 없었다. 바둑무늬와 꽃무늬 셔츠는 여성의 수려함과 귀여움을 드러내보인다. 물질적으로 궁핍한 시대, 인생에서 가장 멋내고 싶어 하는 나이에, 이리저리 바꾸어 입을 수 있는 것은 기껏해야 몇 벌의 옷뿐이었다.

① 황산(黃山) 챠린챵(茶林場)에서 일했던 여작가 왕샤오잉(王小鷹)의 지식청년 시절.
② 지식청년 시절의 여작가 장캉캉(張抗抗).
③ 청년노동자 시절의 여작가 인후이펀(殷慧芬).
④ 생산현장으로 뛰어든 상하이 지식청년들은 자연스럽게 서로를 의지하게 되었다.

① 작가 장리핑(蔣麗萍)이 농
  장에서 '춤추는 자태'.
② 톈안먼 앞에서 찍은 기념
  사진. 가볍게 휘날리는 비
  단 스카프는 답답하고 우
  울한 시대에 한 줄기 '낭
  만'을 가져다주었다.
③ 의장대원들의 알록달록한
  치마는 '회색과 남색'의
  시대에 유달리 산뜻하고
  눈부시게 아름다웠다.

③

07

잃어버린
여성을
찾아서

1970년대 말, 오랫동안 홀시되고 억압되어온 자아의식과 개성에 대해 새롭게 인식함에 따라, 여성의 특징 또한 주목을 받게 되었다. '여성'은 복식과 헤어스타일, 웃고 떠드는 것, 일거수일투족 가운데에서 다시 '떠오르기' 시작했으며, '모두 똑같은' 혼돈 속에서 구별되기 시작했다.

오래지 않아 "시대는 달라졌다. 남녀는 모두 똑같다"는 구호 아래, 중국 여성은 행위규범뿐만 아니라, 옷차림이나 체력 또한 남성과 똑같아지기를 요구받았다. 따라서 기나긴 10년의 문화 대혁명이란 대재난은 당시 여성의 입장에서 자아의식과 주체적 인격은 물론 타고난 성별의 상실을 의미하고 말았다. 다행히 이 모든 것은 사회 대변혁의 도래로 말미암아 근본적으로 변화했 다.

1970년대 말, 왕성하게 일어난 사상해방운동 중에, 오랫동안 홀시되고 억압되어온 자아의식과 개성에 대해 새롭게 인식함에 따라, 여성의 특징 또한 주목을 받게 되었다. '여성'은 복식, 헤 어스타일, 웃고 떠드는 것, 일거수일투족 가운데에서 '떠오르기' 시작했으며, '모두 똑같은' 혼돈 속에서 구별되기 시작했다. 옷 차림을 살펴보면, 우선 화려한 색채가 여성의 옷차림에 다시 나

색채의 복귀에 따라 파마머리도 유 행하기 시작했다.

수도공항의 최초의 여성 경관들.

영화 〈골목길(小街)〉에 출연한 장위(張瑜). 그녀의 구불구불한 머리는 다소 부자연스럽지만, 오히려 '잃어버린 여성'으로 하여금 오랜만에 '부드러운 아름다움'을 느끼게 해주었다.

타났다. 빨주노초파남보는 과거의 단조롭고 음울한 남색, 회색 및 검은색을 대신했고, 여성들은 과감하게 자기만의 선명한 성별 색채를 드러냈다. 남녀노소를 가리지 않은 남색, 회색, 검은색은 개성이 홀시됨을 상징하는 색채인데, 혼란을 바로잡고 정상을 회복하던 때에 화려하고 아름다운 색채가 여성의 옷차림에 다시 출현했다는 것은 '무성(無性)'의 시대, 색채 없는 시대의 종식을 알리는 것이었다. 색채의 복귀에 따라 여성들의 파마머리 역시 유행하기 시작했다. 구불거리는 선과 조형은 여전히 막 흥기할 무렵의 속박을 띠고 있었지만, '잃어버린 여성'에게 오랜만에 '부드러운 아름다움'을 되찾아 주었다. 1970년대 말의 중국 여성들은 '모든 것이 사라졌다가 새롭게 일어나려는 때'처럼, '나뭇잎이 막 싹을 틔우려는 때'처럼, 잃어버린 자아와 성별을 다시 일으켜 세웠다.

"그저 한 마리 꽃나비 나풀나풀 진창 속에 날아 앉기에/ 시인의 눈 속의 세계는 이제 더 이상 검은 잿빛이 아니라네."(레이수엔(雷抒雁)의 〈새싹은 노래한다(小草在歌唱)〉에서) 시인의 이 시구는 여성미와 '혼란을 바로 잡아 정상을 회복하는 것'과의 관계를 무의식중에 드러내 주었다. 시에서 찬미하는 영웅 장즈신(張志新)[01]은 문화대혁명 10년 중에 용기를 보여준 여성으로서, 진리에 대한 추구와 폭압에 굴하지 않는 고상한 인격과 굳은 절개로 수많은 사람들의 존경을 받았다. 뿐만 아니라 그녀의 '여성미'가 담긴

---

[01] 장즈신(張志新, 1930~1975)은 문화대혁명 중에 모택동의 개인숭배와 극좌를 공개적으로 비판했다. 이로 인해 1969년부터 수감되었으며, 1975년에 옥사했다. 문화대혁명이 종결된 후 명예회복되어 열사로 추인되었다. –역주

풍모와 일거수일투족은 '잃어버린 여성'에게 내면과 외형이 완벽하게 합일된 본보기로 우뚝 솟아올랐다. 이는 마치 지난날의 여성 영웅 쟝제(江姐)[02]가 처형을 당하기 전에 옷차림을 단정히 하여 영웅의 매력과 감동의 힘을 더해주었던 것과 같다. 영웅의 사적을 회고하는 사람들은 그녀의 불행한 운명을 한탄함과 동시에, 영웅의 풍부한 여성미를 목도하게 되었다. 영웅에 대한 추모를 통해, 오랫동안 잃어버리고 말살되었던 여성의 성별 특징은, 마침내 "명분이 바르면 말이 이치에 맞듯이" 다시금 사회와 여성의 삶 속으로 돌아오게 되었다.

1970년대 말 '성별의 명분을 바로 잡음'에 따라, 여성 형상은 그 이후에 더욱 심각하고 뚜렷한 변화를 드러냈다. 1980년대는 중국 사회에 중대한 변혁이 발생한 시대였다. 광활한 대지에는 경제개혁이 진행되고 있었으며, 개혁의 물결은 농촌에서 도시로 차츰 넓혀졌다. 대외 개방은 국가정책으로 확정되어, 선전(深圳), 주하이(珠海), 산터우(汕頭), 샤먼(厦門) 등지에 경제 특구가 잇달아 건립되고, 외국기업과 중외 합작기업이 전국 각지의 대도시에 잇달아 세워졌다. 이 모든 것은 기존의 사회생활에 거대한 충격을 안겨줌과 동시에, 여성 형상의 변화에도 계기를 마련해주었다.

---

02 쟝제(江姐)의 원명은 쟝주쥔(江竹君, 1920~1949) 혹은 쟝주쥔(江竹筠)이며, 쟝즈웨이(江志煒)라는 이름을 사용하기도 했다. 1939년에 중국공산당에 가입한 후 충칭(重慶)에서 주로 지하공작에 종사했다. 1947년 이후 남편 펑융우(彭咏梧)와 함께 무장투쟁을 벌이던 그녀는 남편을 잃은 후 밀고로 체포되어 온갖 고문을 받았으나 끝내 굴복하지 않은 채 꿋꿋하게 옥중투쟁을 진행했다. 이때 옥중의 동지들이 그녀를 경애하는 뜻으로 쟝제라고 불렀다. 그녀는 1949년 11월 14일 국민당 특무에 의해 꺼러산(歌樂山)에서 희생되었다.-역주

'특구'의 탄생과 거의 동시에, 새로운 패션이 출현하고 유행하기 시작했다. 양털로 된 옷은 그 시대에 가장 유행한 여성용 패션 복장 중의 하나였다. 색깔이 풍부하고 산뜻하며 아름다웠을 뿐 아니라, 스타일 또한 참신하고 다양하여 돌먼 슬리브 블라우스03, 단추 블라우스 등의 패션이 출현했다. 이것은 본래 대부분의 경우 중국 여성들이 습관적으로 외투 안에 입었던 옷인데, 갑자기 외투로 여겨 밖으로 드러냈던 것이다. 이는 당시 '내의를 밖에 입는' 유행과 함께 대단히 풍부한 의미를 지니고 있다. 이러한 현상이 나타내는 것은 패션이 형성되고 있다는 사실 뿐만 아니라, 여성의 몸과 의식이 오랫동안의 속박과 억압에서 벗어나기를 갈망하고 있다는 점이었다. 같은 시기의 형형색색의 원피스, 정장치마, 주름치마 등은 디자인의 특이함과 옷감의 참신한 '고급화'로 멋쟁이 여성들을 불러들였다. '러우쯔사(柔姿紗)'와 '주리원(朱麗紋)'04은 당시의 최신식 옷감으로, '물질성(物質性)'에 아름다움을 부여함과 동시에, '특구' 및 '해외'와 관련된 정보를 전달함으로써 '개방'과 '현대화' 등의 해설을 진행하였다.

이때 액세서리 역시 여성의 치장 속에 나타나기 시작했는데, 금목걸이는 직업과 장소를 가리지 않고 착용되던 것으로 당시 여성들의 치장 가운데 '기이한 광경'이 되었다. 이와 동시에 립

---

03 돌먼 슬리브 블라우스(Dolman sleeve blouse)는 겨드랑이 부위가 넓어서 두 팔을 벌렸을 때 박쥐처럼 보인다 하여 중국에서는 '蝙蝠衫'이라 일컫는다. —역주

04 '러우쯔사(柔姿紗)'와 '주리원(朱麗紋)'은 모두 화학섬유의 일종이다. 전자는 투명 혹은 반투명이며, 처지는 성질이 뛰어나 원피스의 옷감으로 많이 사용된다. 후자는 광택감이 있으며 화려한 느낌을 주지만, 통기성은 떨어진다. —역주

스틱을 바르고, 눈썹을 그리며, 아이새도를 칠하는 것도 출현하기 시작했다. 이처럼 화장이 여성의 일상생활 속으로 파고들어 왔으나, 여전히 '탐색'의 단계에 머물러 있었다. 얼마 지나지 않아, '우먼파워'를 선전하는 대중매체에 어깨 뽕이라는 특수한 '액세서리'가 출현했다. 높이 솟은 어깨 뽕은 여성의 '독립성'과 '과감함'을 두드러지게 해주었다. 사업에 성공한 여성은 스스로 넓은 어깨를 지니고 있었기에, 남자의 어깨에 의지할 필요가 없었다. 이것은 '성공한 여성'에 대한 당시 사람들의 이해와 상상이자, 일부 여성들의 자아평가였다.

청바지는 여성 형상의 재건에 대단히 중요한 역할을 담당했다. 청바지는 본래 미국 서부의 노동자 복장인데, 역사의 우여곡절을 거쳐 이미 서양 사회에서 통용되는 복장 중의 하나가 되었다. 한편으로는 청바지의 편리함과 내구성 덕분에, 다른 한편으로는 청바지가 내포하고 있는 서민적 의미로 말미암아, 사람들, 그중에서도 특히 사회의 고유한 가치 기준에 도전하는 젊은이의 상징물이 되었다. 1980년대 중반의 중국 대륙에는 때마침 갖가지 서양 사상과 물질이 한꺼번에 쏟아져 들어왔다. 해외의 영화와 텔레비전에서부터 각종 사교댄스에 이르기까지 그리고 라디오, 카세트테이프, 레코더에서 수입 음료에 이르기까지 인기를 누려 널리 받아들여지지 않은 것이 없을 정도였다.

바로 이러한 정세 아래 청바지(청자켓이나 청치마도 포함)는 중국 대륙에서 유행했다. 국영의 큰 상점에서부터 개인이 경영하는 좌판 옷가게에 이르기까지 청바지는 가장 잘 팔리는 물건 가운데 하나가 되었다. 그러나 맨 처음에는 청바지를 입는 데에 용기가 필요했다. 청바지는 단순한 복장이라기보다는 관념의 담지체였다. 이 '외래품'을 둘러싸고 사회에서는 격렬한 논쟁이 전개되기도 했다. 그러나 젊은 여성의 과감한 시도는 그녀들의 모습을 더욱 아름답고 힘차게 해주었고, 걸음걸이를 더욱 탄력 있게 했으며, 정신 또한 생기 넘치게 해주었다. 몸에 달라붙고 엉덩이를 덮으며, 간편하고 산뜻한 바지 디자인은 다소곳하고 얌전한 전통적 모습과는 전혀 다른 여성 형상을 가져다주었다.

청바지 등이 시대 여성의 자아 재건에 '물질적인 기반'을 제공했다면, 당시 여성 작가들의 작품은 시대 여성의 형상 변혁에 정신적인 의미를 부여해주었다. 장졔(張潔)의 『사랑은 잊을 수 없는 것(愛, 是不能忘記的)』, 장신신(張辛欣)의 『나는 어디에서 당신과 스쳐 지났을까?(我在哪兒錯過了你?)』, 장캉캉(張抗抗)의 『북극광(北極光)』, 주린(竹林)의 『삶의 길(生活的路)』, 루싱얼(陸星兒)의 『아, 파랑새(啊, 靑鳥)』, 왕안이(王安憶)의 『비, 쏴쏴쏴(雨, 沙沙沙)』, 톄닝(鐵凝)의 『단추 없는 빨간 셔츠(沒有紐扣的紅襯衫)』와 왕샤오잉(王小鷹)의 『고난의 여정(一路風塵)』 및 류쒀라(劉索拉)의 『네겐 다른 선택이 없다(你別無選擇)』 등의 작품들은 모두 마치 답답하고 침울한 분위기 속에 한 발 한 발 화살을 날리듯 커다란 반향을 불러일으켰다.

선명한 여성의식과 함의로 가득 찬 이들 작품들은, 여성의 삶을 둘러싸고 있는 중요한 부분, 이를테면 혼인의 애정, 사업 추구 등을 깊이 있게 탐구했을 뿐 아니라, 대단히 개성 있고 자아의식이 풍부한 여성 인물을 창조해냈다. 예를 들어 『사랑은 잊을 수 없는 것』 가운데의 여성 작가 중위(鍾雨), 『비, 쏴쏴쏴』 가운데의 소녀 원원(雯雯) 등을 들 수 있다. 이러한 작품들과 인물 형상은 모두 일찍이 상당한 정도로 시대 여성의 의식을 일깨웠으며, 아울러 그녀들의 의식뿐만 아니라 그녀들의 삶과 자아의 외재적 형상에도 영향을 미쳤다. 게다가 문화대혁명이 막을 내린 후, 전국의 대학 입학시험의 부활과 여대생의 재출현으로 말미암아, 시대 여성의 형상은 색채와 복식 치장에서 사람들의 눈길을 끌었을 뿐만 아니라, 정신적 기질에 있어서도 풍부하고 알차게 변했다. 〈젊은 여가수(靑年女歌手)〉라는 유명한 유화(油畫)는 우리들에게 여성 형상의 기품을 보여준다. 단정하고도 독립적인 자태, 무언가에 집중한 채 몰입된 표정은 바로 당시의 여성이 지닌 특유함이다.

여성 작가 및 여대생의 영향 이외에, 영화 또한 여성 형상의 창조에 중요한 역할을 담당했다. 한때를 풍미한 〈샤오화(小花)〉는 혁명의 역사를 제재로 한 작품인데, 그 가운데 '오빠를 찾아 눈물을 흘리는 여동생' 스타일의 온화하고 사랑스러운 여자 그리고 지조가 굳고 아름다운 허슈구(何秀姑) 스타일의 여자가 나타내고자 하는 것은 모두 오빠, 즉 혁명과 이상에 대한 모색이자, 잃어버린 여성의 정감 및 여성미의 모색이다. 사실 당시의 영화 몇 편 역시 우여곡절이 담긴 줄거리와 관념의 해방으로 인해 사람들의 관심을 끌었을 뿐만 아니라, 형상이 선명한 여주인공 덕분에 사람들의 흥미진진한 이야깃거리가 되었다. 〈톈윈산 전기(天雲山傳記)〉의 쑹웨이(宋薇)와 펑칭강(馮晴崗), 〈중년이 되어(人到中年)〉의 루원팅(陸文婷), 〈말몰이꾼(牧馬人)〉의 리슈즈(李秀芝) 등은 '비극'의 주인공 혹은 조연을 맡음과 동시에, 사실상 사람들에게 '여성'의 본보기를 보여주었다. '여성'이 결핍되었던 시대에 사회의 일반 여성들은 바로 이런 영화 및 기타 모든 가능한 경로를 통해 자아 성별의 자원들을 받아들였다. 이리하여 이들의 배역을 맡았던 영화배우 천충(陳沖), 류샤오칭(劉曉慶), 판훙(潘虹) 등은 사람들의 주목을 받았다. 스크린 안팎의 그들의 생활, 옷차림과 치장, 일거수일투족은 의식하지 못하는 사이에 일반 여성이 관심을 갖는 내용과 모방하는 대상이 되었다. 〈루산의 사랑(廬山戀)〉에 이르러 본보기의 역할은 더욱 명확해졌는데, 이 영화는 거의 처음부터 끝까지 여주인공인 장위(張瑜)의 옷차림의 지속적인 변화로 이루어져 있다.

말할 나위도 없이 오랫동안 잃어버린 여성미는 조금씩 회복되고 있었다. 그러나 1980년대, 특히 그 초기의 적지 않은 여성 형상은 자못 어색했다. 많은 여성들의 복식은 새로워졌으나, 행동거지는 여전히 딱딱하고 낯설었다. 이들은 진지하게 아름다움을 추구했지만, 표현해낸 것은 지나친 고심으로 인해 오히려 서툴기 짝이 없었다. 이러한 어색함은 시대가 만들어낸 것이었다. '남녀는 모두 평등하다'는 규정에서 이제 막 벗어난 여성들의 시야는 여전히 넓지 않았으며, 의식 또한 독립적이지 않았다. 반면 신세계는 벌써 저만치에서 손짓을 하고, 선진문명을 대표하는 외부의 숨결 역시 어느덧 자주 불어왔던 것이다. 그들은 애써 다가갔지만, 어떻게 해야 '새로운 조류'를 호흡하면서도 자아를 유지할 수 있는지 알지 못했다. 이 틈의 어색함은 말하지 않아도 이해할 수 있으리라. 이러한 상황은 개혁개방 초기의 여성의 액세서리 착용에서 그 일면을 엿볼 수 있다. 금반지, 금목걸이, 금

팔찌로 이루어진 금 액세서리는 당시 수많은 여성들의 꿈이었다. 그러나 이 당시의 여성들은 아직 옷차림과 액세서리 사이의 관계를 이해하지 못했다. 마치 금이기만 하면 뭐든 예쁘다고 여기는 듯했다. 사회가 막 개혁의 장정에 올라서자, 금 장식물은 여성에게 아름다움을 부여하는 것 외에 부를 상징했다. 그래서 일부 여성들이 한 손가락에 네댓 개의 반지를 끼는 상황이 종종 발생하기도 했다.

어쨌든 시대 여성의 모습은 기존의 딱딱한 중성화를 벗어나 '잃어버린 여성'을 회복하고 있었다. 여성 형상의 수립 역시 이전의 어느 때보다도 더욱 타당한 명분 아래 대대적으로 이루어졌다. 그렇지만 모든 일은 '자유로운' 상태에서 진행되었다. 개혁개방은 기초적인 국가정책으로서 이미 시행되고 있었고, 국가의 개방 역시 차근차근 이루어지고 있었다. 비록 '세계를 향해 나아가자, 세계가 우리를 알 수 있도록'이 당대의 '가장 강력한 구호'였으나, '글로벌화'의 햇빛은 아직 강렬하게 중국 여성들 몸을 두루 비추지 못했다. 1980년대 중국 여성의 자아 형상에 대한 치장은 대부분 '남에게 신경 쓰지 않고 자기 멋대로'였으며, 아직 '규범'이 없는 '자유로운' 상태에 놓여 있었다. 저마다 옳다고 여기는 '혼돈' 상태는 시대 여성의 형상에 다소나마 난처함과 세계와의 '부조화'를 가져다주는 한편, 그녀들에게 자연스러운 본모습의 일면을 지니도록 해주었다. 이것은 아마 1980년대와 1990년대 여성들의 외재적 형상에 있어서 가장 큰 차이 중의 하나일 것이다. 1990년대에 이르러 중국 여성의 치장은 어느덧 매우 '쿨'해지고 '글로벌화'되었는데, 그러나 더 이상 당시만

큼 '독립적이고 자주적'이지는 않았다.

그러나 '오직 하나의 태양만 있을 뿐'인 날이 오래지 않아 도
래할 것이다. 세계와의 '조화'와 '글로벌화'는 경제 분야에 체현
되었을 뿐만 아니라, 장차 여성의 얼굴에도 각인될 것이다. 사실
1980년대 중반 이래로, 중국 여성 형상의 변화의 참조체계는 이
미 전통적인 여성미에만 국한되지 않았다. 여성 형상에 관한 외
국의 관념 및 사물들이 밀물처럼 세차게 밀려와 기존의 형상에
충격을 가하고 있었던 것이다. 당시 널리 영향을 미쳤던 것은 홍
콩과 대만의 연예인이었다. 사람들이 덩리쥔(鄧麗君)의 부드럽고
서정적인 노랫소리에 심취되었을 때, 그녀의 부드럽고 아름다운
모습 또한 함께 받아들였다. 츙야오(瓊瑤)의 애정영화에 출연하
여 사람들에게 친숙해진 린칭샤(林靑霞)의 비단결 같은 생머리는
오랫동안 여성들의 모방 대상이었다. 하지만 이 모든 것이 자발

영화 〈루산의 사랑(廬山戀)〉.

적인 모방이었다면, 1980년대 말 Yue Sai(羽西)화장품05의 중국
으로의 진출은 중국 여성의 형상이 어찌할 수 없이 '글로벌화'로
끌려든 표지 혹은 기호로 볼 수 있다. Yue Sai는 교묘하게 '오직
아시아 여성들을 위한 디자인'을 구호로 삼음과 동시에, '서구'
의 브랜드를 내세웠다. 진위시(靳羽西)가 세계 각국 도시의 이름
을 딴 립스틱, 아이새도, 연지는 특수한 시기에 중국의 여성들에
게 '세계화'라는 놀라움과 느낌을 안겨주었다. 이 화장품은 이전
에 결코 세계적인 명품이 아니었다. 그렇지만 이 화장품은 맹목
적으로 서양 여성을 모방하여 눈가에 파란색을 발랐던 중국 여

05 Yue Sai(羽西)화장품 회사는 1992년 중국 최초로 등록된 외자 화장품회사로서, 회
사의 대표는 국제적으로 명성 높은 화교인 진위시(靳羽西) 여사이다.─역주

성의 무지를 '교정'하는 한편, 중국 여성을 규범적인 '아시아 미인'의 궤도에 올라서게 했다. 이처럼 동양과 서양을 혼합한 책략은 Yue Sai화장품이 중국 시장에 진입하는 데에 막대한 편리함을 제공했다. 이 화장품은 아시아적이자 세계적이었으며, 오직 당신만을 위해 디자인된 것이자 가장 유행하는 것이기도 했다. '세계를 향하여 나아가고자' 애쓰는 중국 여성에게 이보다 더 적합한 것이 있겠는가? 이 화장품 외에도, 1980년대 말과 1990년대 초의 대외개방의 바람을 타고서 외국의 화장품과 복식 브랜드가 잇달아 들어왔다. 외국에서 들어온 제품들은 '차이'(예컨대 '오직 아시아만을 위하여')를 강조하든, '세계 최고의 품질'(명품)을 강조하든, 하나같이 다국적 자본의 중국시장에 대한 기대를 품고 있었다. 흥미로운 점은 중국 여성이 날이 갈수록 화장하는 요령을 알게 되고, 세계의 최신 유행과 가까워질수록, 원래 질박하고 투박하지만 개성적이었던 일부 시대 여성의 얼굴이 다시 한 번 '모두 똑같아지는' 상황에 직면하게 되었다는 점이다. 스타일이 새로워진 화장술과 각종 '초특급' 브랜드는 사실상 천편일률적인 '유행하는 얼굴'을 만들어냈던 것이다. 그러나 이것은 시작에 지나지 않았다.

오랫동안 홀시되고 억압되어온 자아의식과 개성에 대해 새롭게 인식함에 따라, 여성의 특징 또한 주목을 받게 되었다. '여성'은 복식, 헤어스타일, 웃고 떠드는 것, 일거수일투족 가운데에서 '떠오르기' 시작했다.

① 상하이 방송국의 프로그램 진행자를 지낸 천옌화(陳燕華). 구불구불한 파마머리는 개혁개방 초기에 유행하던 머리스타일이다.
②③ 산뜻한 색채의 치마는 여성이 자아를 재건하는 출발점이었다.
④ 늠름하고 씩씩하면서도 아름다움을 잃지 않은 모습의 여성 선원.
⑤ 위풍당당한 군모 아래로 살짝 구불거리는 파마머리. 여성의 풍채는 군복을 입어도 사라지지 않았다.

① 영화배우 장위와 류샤오칭(劉曉慶). 이전과
　마찬가지로 여배우는 유행의 안내자였다.
② 대입고사제도가 부활된 후의 최초의 여대
　생.
③ 우아하고 아름다운 포즈. 꽃무늬 치마가 여
　성의 어여쁨과 수줍음을 넘쳐나게 한다.

①

②　　　③

① 여작가 천단옌(陳丹燕)의 대학 시절 모습.
② 현대적 '러우쯔사' 원피스.
③ 청순함과 우아함은 5·4기 여학생의 청신함과 자연스러움을
   떠올리게 한다.

① 청바지와 운동화는 최상의 궁합을 이루었다.
② 중앙방송국 뉴스 앵커를 지낸 두셴(杜憲). 그녀의 자연스럽고 소박
　　하며 단정한 모습은 누구에게나 칭찬을 받았다.
③ '개방'의 낭만.
④ 나팔바지가 유행하기 시작했다.

①

②

③

④

① '18세에 양장을 입었다'는 여작가 쉬쿤(徐坤).
② 청자켓과 청바지 그리고 오토바이는 구속받지 않는 소탈함을 돋보이게 한다. 다소곳하고 얌전한 전통적 모습과는 전혀 다른 형상이다.
③ 1985년의 팡수(方舒). 영화 〈일출(日出)〉에서 천바이루(陳白露)의 배역을 맡았다.
④ 작가 팡팡(方方)과 여성문학연구가 챠오이깡(喬以鋼)의 1980년대 대학 시절.

①

②

③

④

*여작가의 작품은 시대 여성 형상의 재건에 사상적 기초를 제공했다. 1980년대 말의 여작가 왕안이(王安憶).

영화는 1980년대의 여성 형상의 재건에서 중요한 역할을 담당했다. '여성'이 결핍되었던 시대에, 사회의 일반 여성들은 바로 영화 및 기타 모든 가능한 경로를 통해 자아 성별의 자원들을 받아들였다. 이로 인해 여배우는 사람들의 주목을 받았다. 스크린 안팎의 그들의 생활, 옷차림과 치장, 일거수일투족은 의식하지 못하는 사이에 일반 여성이 관심을 갖는 내용과 모방하는 대상이 되었다.

① 영화 〈샤오화(小花)〉의 스틸.
② 영화 〈샤오화〉에서 샤오화 역을 맡은 천충(陳沖), 제3회 '백화장(百花獎)'의 최고여우상을 받았다.

① 영화 〈중년이 되어〉의 주연을 맡은 젊은 여배우 판홍(潘虹).
② 1980년대 초의 류샤오칭(劉曉慶).
③ 영화 〈골목길〉 속의 장위.
④ 영화 〈루산의 사랑〉에서의 장위(張瑜). 영화 속 그녀의 치장은
　　당시 여성들의 모방 대상이었다.

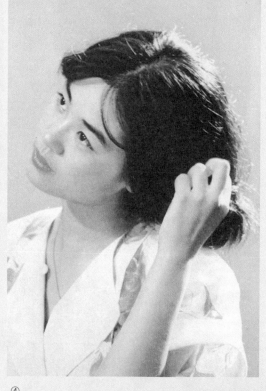

① 영화 〈대교 아래에서(大橋下面)〉의 주연을 맡은 꿍쉐(龔雪).
② 젊은 여배우 충산(叢珊).
③ 충산(叢珊)이 배역을 맡은 농촌 아가씨 리슈즈(李秀芝)〈말몰이꾼〉에서).
④ 영화 〈텐원산 전기〉 속의 두 여성.

①

②

① 톄닝(鐵凝)의 소설 『단추가 없는 붉은 셔츠(沒有紐扣的紅襯衫)』를
재구성한 영화 〈붉은 옷의 소녀(紅衣少女)〉 속의 두 자매.
② 영화 〈갈매기(沙鷗)〉는 1980년대 여성의 자신감 넘치고 강인한
정신을 표현했다.
③ 젊은 여배우 쑹쟈(宋佳).

1980년대 중반 이래로, 여성 형상의 변화의 참조체계는
이미 전통적인 여성미에만 국한되지 않았다. 여성의 사
유와 관념, 행위에 영향을 미치는 외국의 사물들, 예컨대
영화, 가곡, 화장품 등이 밀물처럼 밀려들어와 여성 형상
에 충격을 가하고 있었다. 세계와의 '조화'와 '글로벌화'
는 경제 분야에 체현되었을 뿐만 아니라, 장차 여성의 얼
굴에도 각인될 것이다.

①

②   ③

① 영화배우 마이원옌(麥文燕)의 '아름다
움'은 중국의 전통적 여성미와는 다르
다. 그녀가 사람들의 주목을 받은 것은
아마도 사람들이 그녀에게서 '서구적
분위기'를 발견하기 시작한 것과 연관
이 있는 듯하다.
② 덩리쥔(鄧麗君). 사람들이 그녀의 가볍
고도 부드러운 서정적 노랫소리에 심
취했을 때, 그녀로 대표되는 홍콩과 대
만풍의 여성미도 함께 받아들였다.
③ 린칭샤(林靑霞)의 청순함은 1980년대
일부 여성들의 우상이었다.
④ 모자, 목걸이, 팔찌 등과 여배우들의
치장은 일반 여성들의 모방 대상이 되
었다.

④

08

글로벌화의
배경 속의
다원형상

어떠한 자태와 용모이어야 세계의 변화와 유행을 따라잡을 수 있으며,
자아의 개성과 새로운 21세기의 도래에 어긋나지 않을까?
1990년대 여성 형상은 오랫동안 이 주제를 둘러싸고 곤혹 속에
배회했다. 다원화는 시대 여성 형상의 주류가 되었다.

1990년대 중국 사회는 훨씬 복잡한 변화를 겪게 된다. 1980년대 말부터 시작된 사회의 전변은 1990년대에 더욱 심각한 방향으로 발전했으며, 중국의 방방곡곡에 파급되었다. 이전에 겪어본 적이 없는 이러한 전변은 결코 폐쇄적으로 '독립'된 공간에서 일어난 것이 아니라, 전례 없던 개방 속에서 이루어진 것이었다. '글로벌화'의 햇빛은 태울 듯한 열기로 위협해 들어오고, 전 세계에 새로운 변화를 가함과 동시에, 사람들에게 엄청난 막연함을 안겨주었다. 이와 더불어 21세기의 종소리 역시 어느덧 멀리서부터 전해져 왔다. 공간과 시간의 급격한 변화는 보이지 않는 가운데 20세기 중국 여성들에게 새로운 압력을 가했다. 옷차림새에서 나타난 이러한 압력은 바로 자아 형상에 대한 전례 없던 관심과 변화에 대한 추구였다. 어떠한 자태와 용모이어야 세계의 변화와 유행을 따라잡을 수 있으며, 자아의 개성과 새로운 21세기의 도래에 어긋나지 않을까? 세기의 교차기의 중국 여성 형상은 오랫동안 이 주제를 둘러싸고 곤혹 속에 배회했다. 다원화는 시대 여성 형상의 주류가 되었다.

1990년대 여성은 세기말의 문턱에 서서, 1930, 40년대의 중국 도시 여성을 떠올렸다. 중국식의 치파오, 겹저고리, 긴 치마 그리고 서구식의 망토, 오픈 스웨터, 오버코트를 서로 잘 어울리게 차려입고, 물결무늬 웨이브가 뚜렷한 파마머리와 둥근 얼굴에 반달눈썹으로 화장한 얼굴은, 모던(modern)하고 온화하며, '웃으면 예쁜 보조개가 생기는, 여성 형상이었다. 세기의 교차기에 압력을 느끼고 분위기에 신경을 쓰는 도시 여성들이 보기에, 이러한 형상은 마치 요동치면서 불안한 시대에 피어난 한 송이 치자

꽃이 세월의 장막 너머에서 자신의 매력을 한껏 발산하고 있는 것 같았다. 이리하여 고운 향기는 세기말까지 끊이지 않은 채, 도시의 복고 열풍 속으로 뒤섞여 들어갔다. 도시 여성은 서구식 요소를 받아들여 개량한 중국식 복장 차림에 가늘고 긴 눈썹을 그린 채, 골동품 가구와 옛날 레코드, 옛날 달력을 배경으로 하는 바에 앉아 세기말 과거에 젖은 차를 마신다. 치파오, 양쪽 옷깃을 마주한 중국식 저고리 등은 이렇게 유행의 구성성분이 되었다.

플루트를 불고 있는 사람은 '글로벌화'의 배경 속의 '대단히 중국적인' 여성이다.

이러한 상황은 1997년 홍콩이 반환됨에 따라 절정에 달했다. 중국 경제가 급속하게 발전하고 세계무대에서의 중국의 역할이 점차 중요해지면서, PRADA 및 DIOR와 같은 세계적인 명품 브랜드 역시 중국을 주목하게 되었다. 이들 브랜드는 중국 전통복장의 요소를 융합한 패션을 출시하여, 세기말에 아시아 붐을 불러일으켰다. 동양적 분위기를 가미한 복고풍은 세기말의 패션무대 위를 화려하게 휩쓸었다. 중국 본토의 여성들은 깊게 혹은 얕게 그 속으로 빠져들었다. 수많은 중국식 패션가게들도 이 기회를 놓치지 않고 다시 등장했다. 장식을 덧댄 옷단, 넓적 단추, 중국풍 옷깃, 꽃 수놓기 등 갖가지 전통복식의 자질구레한 요소들이 있는 대로 다 발굴되었는데, 때로는 전체를 그대로 따오고, 때로는 부분만을 따오기도 했다.

세기의 전환기의 여성은 마치 시간을 거꾸로 흐르게 하는 듯했다. 그러나 자세히 살펴보면, 그녀들의 눈썹이 구부려져 있음을 알 수 있다. 약간 경박한 듯 위쪽으로 치켜 올라간 눈썹은 마치 현대 경쟁사회에서 맞서 싸울 준비가 되어 있는 듯하다. 그녀

중국식 복장 차림의 장쯔이(章子怡).

들의 머리카락은 무스로 스타일을 고정했는데, 그녀들에게 헤어토닉류는 이제 너무나도 순해서, 현대 여성의 명쾌한 리듬과는 어울리지 않는다. 아울러 그녀들이 중국식 복장에 맞춰 입는 것은, 바지 단을 튼 진(jean)에 중성 풍격의 배 모양 구두이다. 세기말의 중국 여성에게 있어서, 복고란 두말할 나위 없이 유행이면서도 자아신분의 모색이었다. 그래서 조금이라도 비슷하기만 하면 되었고, '원래 모습의 상실' 여부는 조금도 신경 쓰지 않았다. 중요한 것은 장아이링(張愛玲)이 지난날의 혼란 속에서 말했듯이, "자신의 존재를 증명하기 위해, 진실하고도 가장 기본적인 것들을 조금이라도 움켜쥐지 않으면 안 되며, 오래전의 기억, 인류가 모든 시대 속에서 살아왔던 기억에 도움을 청하지 않을 수 없었다. 이것이 아득한 미래보다 훨씬 명확하고 절실하다"는 점이다.

그러나 이른바 '동양적 분위기'도 말하자면 그저 '글로벌화'의 또 다른 수식에 지나지 않았다. 이리하여 도시 여성들의 형상은 '오래전의 기억'에서 도움을 청함과 동시에, 훨씬 더 많이 세계와의 '동일'을 추구했다. 그래서 유명 브랜드의 수입과 유행, 각종 패션쇼 공연 등은 주거니 받거니 하며 활기찬 광경을 가져왔다. 현대적 혹은 전위적이라고 할만한 Fashion Girl은 이러한 추구에 대한 생동감 넘치는 설명이 되었다. 한쪽 어깨가 가는 끈으로 된 티셔츠, 앞 코가 뭉툭한 신발, 엉덩이를 가리는 백팩(backpack), 헐렁하고 주머니 많은 멜빵바지, 반짝반짝 빛나는 소재의 스키니진, 형형색색의 머리카락, 검은색 혹은 자주색 립스틱, 분홍색 펄 아이섀도, 화려한 판박이 문신 등은 옛 정서와는 전혀 다른 '쿨'한 신여성 형상을 연출했다. '쿨'한 대다수는 젊음으로 충만한 여성들이며, 이들의 젊은 얼굴에는 반역과 세속에 물든 기색이 넘쳐흘렀다. 이들은 유행의 활력소였으며, '글로벌화'의 '수혜자'이자 '참여자'였다. 이들은 세계와 발맞추어 나가고자 애썼다. 황색피부, 검은 눈(머리카락은 이미 염색했다)과 몸매의 특징 등 바꾸기 어려운 것 외에는, 그녀들의 최신 유행과 전위적인 면모가 뉴욕, 파리, 도쿄 등지의 모던여성들과 구분하기 힘들 정도로 비슷했다.

이 개방의 시대에, 이미 그녀들의 '마음껏 뻗어나가려는' 바람과 '개성'을 가로막을 만한 것은 없을 듯했다. 그러나 그녀들의 이러한 '뻗어나감'은 결코 자주적이지 않았다. 그녀들의 시원시원한 개성의 배후에는 또 다른 '강요'를 받는 면이 있었다. 그것은 바로 '글로벌화'의 힘과 인도였다. 이로 인해 마음속으로 그녀들은 실의에 빠져 멍할 때도 있었다. 나풀거리는 긴 치마, 하늘거리는 얇은 비단, 형형색색의 장신구, 가늘고 높은 하이힐 등은 보일 듯 말 듯 세기말 여성 형상의 치장 가운데 나타났다. 설사 중성화된 양복일지라도 허리선의 강조와 어깨선의 부드러움은 세기말 여성의 부드러운 마음과 실의에 빠진 우울함을 담아내고 있었다. 전위(前衛)와 복고는 머지않아 새로운 세기로 들어서는 여성들에게 사실 전혀 모순되지 않았다. 복고는 자신감을 되찾기 위함이었고, 전위(前衛)는 뒤처질까 걱정하는 것으로, 마치 동전의 양면과 같았다. 하소연하는 것은 모두 '글로벌화' 배경 하의 곤혹과 아득함이며, 순응 혹은 '항쟁'이었다.

이와 비슷한 모순관계는 1990년대 커리어우먼과 '신현모양

처'의 관계이다. '커리어우먼이 무엇인지', 이전의 중국에서는 그 경계가 모호했지만, 1990년대에 이르러서는 최소한 외형상의 치장에서 그녀들이 대체로 따르는 새로운 규칙이 생겨났다. 회사 직원의 신분으로 사무실에서 일할 때, 그들 대부분은 슈트(suit)를 입었으며, 옷깃 둘레에는 항상 스카프를 두르거나 꽃무늬 레이스를 받쳐 입었다. 그들은 통상 속되지 않은 품격을 지니고 있었고, 정교한 옷과 액세서리에, 신분에 걸맞는 화장을 하고, 도시 생활과 유행에 민감하게 반응했다. 그녀들은 '사무실 혁명'의 화신이었고, 그녀들의 일과 형상은 컴퓨터, 전문성, 인터넷 및 미용, 마른 몸매 등의 도시의 조류와 늘 함께 했다. 특히 주목할 만한 것은 그녀들의 행동거지와 사무처리의 태도이다. 외국과의 합자기업이나 국내외 합작기업, 단독투자기업 등의 업무환경은 그녀들의 유능하고 단정하며 우아한 자질과 풍격을 창조함과 동시에, '일정한 틀'의 일종이 되지 않을 수 없었다. 그녀들의 몸에는 '서양'이란 도장이 선명히 찍혀 있었다고 해도 좋으리라.

사회의 전변에 따라 커리어우먼이 바야흐로 도시 여성의 주체(직업면에서 볼 때)가 되고 있었는데, 그녀들의 행동거지, 옷과 액세서리가 '서구화'의 추세와 영향을 대표한다면, 한편에서는 또 다른 여성 형상 역시 조용히 부각되고 있었다. 그것은 바로 전통적 여성화의 배역이었다. 세탁기, 주방용품, 가정용 가전제품 등의 생필품 광고에 자주 등장하는 여성들은 대부분 전통적인 현모양처의 형상이었다. 그러나 오늘날의 그들은 더 이상 '쌩얼의 마누라'들이 아니다. 그들은 각종 화장품으로 용모를 더욱 단장한 채 주방에 들어가거나 응접실로 나온다. 그들은 현대화된 주방에서 최신식 주방용품을 사용하여 즐겁게 밥을 지으며, 남편과 아이가 돌아오기를 기다린다. 어떤 내복약 광고에서는 '매일매일 새로운 아내'라는 광고카피까지 내놓았다. 여성의 용모에 대한 사회의 새로운 요구 및 유구한 역사 속의 '남성의 무의식'적 일면을 드러낸 것이다.

우리가 살펴보았듯이, 1990년대의 여성 형상은 획일적이거나 단순하지 않으며, 다양하고 심지어 서로 모순되기도 한다. 커리어우먼과 신현모양처의 '대립'은 마치 현대와 전통의 모순처럼 보이며, 사실 여성 자아의 충돌이기도 하다. 만약 급변하고 경쟁이 극심한 사회 속에서 진취적인 직업여성이 되는 것이 하나의 도전이자 유혹이라면, 전통적인 여성의 삶과 역할은 그 나름의 합리성을 지니고 있을까? 특히 새로운 세기에 여성은 어떻게 해야만 외부세계와 개인 감정 사이에서 평형점을 찾을 수 있을까? 이러한 곤혹스러움에 발맞추어, '집으로 돌아오는 부녀'와 '전업주부' 등이 1990년대 마지막 몇 년 동안 뜨겁게 토론되었던 것이다. 세기의 전환기에 놓인 중국 여성의 처지는 복잡했다. 이러한 복잡성은 전위(前衛)와 복고의 '호응', 전통과 현대의 '교차'로서 여성 형상에 반영되어 있다. 가치가 다원화된 사회 속에서, 더욱이 '글로벌화'의 압력에 직면하여, 중국의 여성 형상은 '다원'화하고 복잡해질 수밖에 없었다.

그러나 가치가 아무리 다원화되고, 전진하는 사회의 걸음걸이가 아무리 많은 우여곡절을 겪었을지라도, 20세기 말의 여성은 이미 '이제 옛날과 전혀 비교할 수 없'게 되었다. 패션 여성의 통굽슈즈와 여자 축구 선수들의 '쩡쩡 울리는 무쇠발'이 내딛는 걸음은, 20세기 초의 수놓인 꽃신을 신은 여성들의 종종걸음이 아니며, 그녀들의 마음속 시야 역시 옛날의 후비나 귀부인들과는 거리가 멀었다. 또한 그녀들의 머리꼭대기 위의 태양도 이미 어제의 태양이 아니었다. 경제적 독립, 관념의 개방, 자주적인 정감 표현, 생활방식의 다원화는 세기말의 중국 여성에게 자신감과 활기찬 외모를 가져다주었다. 그녀들의 생활세계는 더 이상 외부세계와 동떨어져 있지 않으며, 그녀들의 의식과 형상은 온 세계인의 주목을 받고 있었다. 새로운 세기의 도래와 더불어, 시대 여성의 형상은 다시 한 번 '변화'의 가능성을 모색하고 있다. 더욱 중요한 것은 20세기 말의 중국 여성이 새로운 세기에 도전하는 역량을 이미 충분히 축적했다는 사실이다. 여박사, 여교수, 여성 과학자, 여성 작가, 여성 기업가 등이 세기말에 대량으로 쏟아져 나왔는데, 이들의 관념과 감정, 실천과 창조가 서로 이어져, 20세기 중국의 여성 형상에게 근사한 역사의 한 페이지를 남겨주었을 뿐 아니라, 신세기의 신여성 형상의 탄생에 기초를 제공했던 것이다.

21세기는 인류의 역사상 가장 창조성이 풍부한 세기임이 분명하며, 유전자 기술, 인터넷 통신 등의 발전은 틀림없이 인류 생활에 다시 한 번 심각한 변혁을 가져다줄 것이다. 그러나 21세기가 인류에게 온통 장밋빛이지는 않다. 예컨대 생태계 파괴, 종(種)의 멸절, 이상기후, 인종차별 및 상이한 문화 사이의 충돌 등, 지구상의 여러 문제가 더욱 두드러질 것이다. 이 모든 것은 여성 형상에 어떠한 변화와 색깔을 가져다줄 것인가? 중국 여성은 어떠한 형상으로 새로운 세기에 처해 있을 것인가? 최신의 과학기술과 융합한 대담한 전위(前衛)가 될 것인가? 아니면 또 다시 전통으로 돌아가야 하는가? 동서양의 장벽을 허물고 참신한 형상을 창조할 것인가? 아니면 천변만화하는 가운데 '자아'를 고수할 것인가? 비틀거리는 걸음걸이로 심신의 문을 닫아걸었던 20세기 초의 중국 여성을 돌아본다면, 21세기의 중국 여성 형상에 또 한 차례의 '질적' 변화가 어찌 일어나지 않을 수 있겠는가?

그것은 앞으로 차츰 전개될 시대와 형상의 또 다른 역사일 것이다.

다원화는 여성 형상의 주류가 되었다.

①④ 정교하면서도 모던한 90년대 도시 여성.
②③ 신여성의 최신 유행과 전위적인 면모는 뉴욕, 파리, 도쿄 등지의 모던여성과 매우 비
슷하다.

①

②

③

④

①

②

③

④

①②③④ 신여성의 최신 유행과 전위적인 면모는 뉴욕, 파리, 도쿄 등지의 모던여성과 매우 비슷하다.

①

①② 대머리, 네일아트 등은 복고의 분위기와는 전혀 다른
'쿨'한 여성 형상을 연출했다.
③④ 베이징 거리의 화사한 색채.

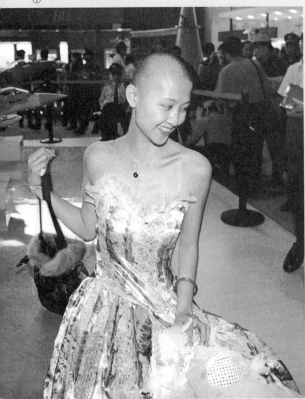

②

④

③

268

① 베이징 거리의 화사한 색채.
②③④ 드러낸 배꼽, 반짝반짝 빛나는 소재의 스키니진, 형형색색의 머리카락과 분홍색 펄 아이새도 등은
복고의 분위기와는 전혀 다른 '쿨'한 여성 형상을 연출했다.

⑤

⑤ 중앙방송국의 프로그램 진행자인 징이단(敬一丹).
⑥ 상하이 위성방송국의 프로그램 진행자인 예룽(葉蓉). 여가
　를 즐기는 그녀의 우아하고 아름다운 모습.

⑥

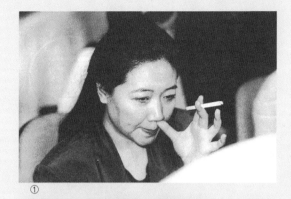

① 웨이룬(微軟)중국공사의 총재를 역임한 '아르바이트 황후' 우스훙(吳士宏).
② 조각 문양 병풍 앞의 현대적 기질.
③ 복고는 유행이자 자아신분의 모색이기도 했다.
④ 상하이 동방방송국의 프로그램 진행자인 춘쯔(淳子).
⑤ 화랑 중개인.

① 1995년 제4차 세계여성대회에 참가한 전국부녀연합회 주석인 천무화(陳慕華)와 국무위원인 펑페이윈(彭佩雲).
② 중국대외무역경제합작부 부장 우이(吳儀)가 1995년 2월 베이징에서 거행된 중미지적재산권 문제에 관한 담판이 끝난 뒤
　기자들에게 담화를 발표하고 있다.

① 홍콩 특별행정구의 초대 정무사 사장(司長) 천팡안성(陳方安生).
② 중국에서 최초로 민주적으로 선출된 상하이 동지(同濟)대학교 총장 우치디(吳啓迪). 학교를 시찰하러 온 독일 바이에른주의 주지사 등을 환영하고 있다.

③

④

③ 상하이 국제문제연구소 소장 위신톈(兪新天).
④ 상하이 천문대 대장을 역임한 중국과학원 회원 예수화(葉叔華). 천문학 분야에서의 뛰어난 공적을 기려, 국가 쯔진산(紫金山)천문대에서 새로 발견한 소행성의 이름에 그녀의 이름을 붙였다.
⑤ 광뚱성(廣東省) 주하이시(珠海市) 관광농어(農漁)연구소 부소장이자 중국 악어연구의 기초를 다진 쉬징아이(徐敬愛).
⑥ 상하이 사회과학원 문학연구소 부소장이자 연구원인 왕원잉(王文英).
⑦ 푸단대학 의학원 신경생물학 국가중점실험실의 부주임이자 교수인 마란(馬蘭).

⑤

⑥

⑦

① 작가 왕안이(王安憶).
② 작가 장캉캉(張抗抗).
③ 작가이자 작곡가인 류쒀라(劉索拉).
④ 작가 루싱얼(陸星兒).
⑤ 작가 왕샤오잉(王小鷹).
⑥ 작가 왕저우성(王周生).
⑦ 작가 츠리(池莉).
⑧ 작가 장신(張欣).

⑨

⑩

⑪

⑫

⑬

⑭

⑮

⑯

⑨ 작가 천란(陳染).
⑩ 작가 주린(竹林).
⑪ 작가 쟝리핑(蔣麗萍).
⑫ 작가 톄닝(鐵凝).
⑬ 작가 쉬쿤(徐坤).
⑭ 작가 인후이펀(殷慧芬).
⑮ 작가 자오메이(趙玫).
⑯ 여성문학연구가이자 교수인 챠오이깡(喬 以鋼).

①

②

20세기 말 중국 여성의 힘찬 발걸음은 20세기 초의 수놓인 꽃신을 신은 여성들의 종종걸음이 아니다. 그녀들의 의식과 풍모는 온 세계인의 주목을 받고 있다.

①② 90년대 초중반의 꿍리(巩俐).
③ 1999년 중국 여배우 꿍리는 프랑스 칸영화제의 최고상인 황금종려상을 수상했다. 2000년 꿍리는 베를린영화제 심사위원으로 초청받았다. 1988년 〈붉은 옥수수(紅高粱)〉로 베를린영화제 금곰상을 수상함으로써, 국제적인 영화스타로서의 지위를 확고히 한 그녀는, 차츰 세계 영화계에서 폭넓은 영향력을 지닌 중국의 간판스타가 되었다.
④ 2000년 5월 10일 프랑스의 칸에서. 제53차 칸영화제에서 개막영화의 방영장 밖에 독일의 유명 모델 클라우디아 쉬퍼(Claudia Schiffer, 왼쪽), 프랑스의 배우 앙디 맥도웰(Andie MacDowell)과 중국의 꿍리(오른쪽)가 사람들의 눈길을 끌었다.

③

④

①

②

③

④

⑤

① 청년 여배우 장쯔이(章子怡).
② 청년 여배우 궈첸첸(郭倩倩).
③ 1990년, 텔레비전 연속극 〈갈망(渴望)〉이 전국을 강타했다. 극중의 '류후이팡(劉彗芳)'은 중국 전통여성의 선량하고 인내하며 현숙한 전통 여성의 현대판이었다. 이로 인해 그녀의 역을 맡은 카이리(凱麗)는 명성이 자자해졌다.
④ 중앙방송국의 프로그램 진행자인 자오잉(趙穎).
⑤ 텔레비전 연속극 〈환주거거(還珠格格)〉에서 '샤오옌즈(小燕子)' 역을 맡은 자오웨이(趙薇) 역시 명성을 크게 떨쳤다.
⑥ 여배우 저우쉰(周迅).
⑦ 홍콩 펑황(鳳凰)위성방송국의 인기 프로그램 진행자인 멍광메이(孟廣美).

⑥

⑦

①

① 1990년대의 유명 모델 취잉(瞿穎).
② 1999년 중국 모델대회에서 우승한
   왕하이전(王海珍).
③ 유명 모델 천쥔훙(陳娟紅).

②

③

① 1996년 애틀랜타 올림픽에서 중국 운동선수 왕쥔샤(王軍霞)가 여자 5,000미터 경기에서 우승한 후, 국기를 들고 관중들을 향해 인사를 하고 있다.
② 중국 여자축구대표팀 주장인 쑨원(孫雯). 1999년 7월, 중국 여자축구대표팀은 제3차 월드컵 여자축구대회에서 2등을 했다.
③ 여자축구팀의 시합 장면.

①

②

③

①

① 국경일 50수년 열병식의 녀병분내칭 창웨이웨이(張薇薇)와 장리리(張莉莉) 자매.
② 미국 고등학부의 중국 유학생(오른쪽)의 환한 표정. 비틀거리는 걸음걸이에 심신의 문을 닫아걸었던 20세기 초의 중국 여성을 돌아보면, 21세기의 중국 여성 형상에 또 한 차례의 '질적' 변화가 어찌 일어나지 않을 수 있겠는가?
③ 1990년대의 여순경대.

  작년 초 천후이펀(陳惠芬)이 내게 제안을 했다. 글과 그림을 함께 결합시키는 방식으로 여성 형상에 관한 연구를 하는데, 형체와 복식의 변화를 포함하여 100여 년 동안의 상이한 시기의 여성 형상을 통해, 중국 부녀의 외형적 형상에서 정신적 면모 및 역사적 변천에 이르기까지를 살펴보면 어떻겠느냐는 것이었다. 그녀의 이와 같은 제안을 듣자마자 나는 커다란 흥미를 느꼈다. 중국의 100여 년 동안의 여성 형상의 변화는 너무나도 광범위하고 풍부할 뿐만 아니라, 대단히 많은 내용을 포함한 채 굴절되어 왔다. 이러한 변화과정을 시각적인 전달방식을 통하여 영상으로 보여줄 수 있다면, 단순한 문자에 의한 전달보다 훨씬 직접적이고 선명하여 강렬한 효과를 거둘 수 있을 것이었다. 특별히 금세기의 마지막 해에, 100여 년 동안의 과정을 체계적으로 회고한다면 한층 의미가 깊을 것이다. 천후이펀의 이 새로운 계획은 나를 몹시 흥분시켰다. 그녀의 요청에 따라, 나는 그녀와 공동연구하기로 망설임 없이 동의했다. 우리를 더욱 기쁘게 한 것은, 오랜 친구인 청핑(成平)에게 이 의도를 내비쳤을 때, 그녀도 기꺼이 찬성하고 지지했을 뿐 아니라, 우리들의 요청에 흔쾌히 동의해주었다는 점이다. 삼두마차는 이렇게 만들어졌다.

  세 사람은 두 곳에 떨어져 살았기에 불편한 점도 있었지만, 모두가 이 작업에 대단한 열성을 보여 가능한 한 기회를 만들어 토론과 연구를 진행했다. 청핑은 바쁜 와중에 여러 차례 '짬'을 내어 상해로 와서 우리와 함께 토론을 벌였는데, 때로 출장 중일 때나, 때로는 주말을 이용했다. 곧바로 우리는 주제의 구상, 영상자료의 배치와 서술의 차례에 대한 인식을 함께 했다. 우리는 '여성 형상의 변화'를 드러내는 것을 이 책의 방침으로 정했다. 100여 년 동안의 중국의 여성 형상의 변화과정을 체계적으로 회고하고 정리하는 가운데, 여성 형상의 중대한 변화가 있을 때마다 사회의 대변동,

즉 정치적, 경제적, 문화적 변동과 밀접하고도 직접적인 관계가 있음을 더욱 분명하게 알게 되었다. 청말 민초부터 나라의 문호는 개방되었고, 신해혁명은 봉건군주제를 무너뜨렸다. 자본주의의 왕성한 발전을 거쳐 프롤레타리아혁명이 정권을 장악했으며, 문화대혁명에 이르러 모든 것이 멈춰버린 후, 다시 개혁개방정책을 시행했다. 사회의 대변동이 있을 때마다 여성 형상의 대변화를 초래했다. 시대가 '미인'을 결정했고, 여성 형상에 시대가 굴절되어 있었다. 양자의 관계에 대해서는 머리말과 각 장의 글에서 이미 논술했다. 여기에서 밝히고자 하는 것은, 우리는 이 책을 부녀운동사로 삼을 생각이 없었다는 점이다. 즉 중국 여성이 이데올로기에 좌우되었던 우여곡절의 경력을 포함하여 정치, 경제의 변동을 직접 서술하고자 하지 않았다는 것이다. 이것은 또 다른 책의 임무이다. 우리는 그저 '형상'을 실마리 삼아, 형상 자체를 통해 막 지나간 세기의 여성 형상에게, 봉건체제의 붕괴에 따라 수천 년간 여성을 옥죄던 족쇄와 수갑이 어떻게 하나하나 부서지기 시작했는지, 족쇄와 수갑이 부서짐에 따라 머리부터 발끝까지, 외형부터 내면까지 그녀들의 몸에 어떠한 변화가 일어났는지를 보여주고자 했을 따름이다. 동여매어 훼손된 전족은 발을 감싼 천에서, 그리고 가슴을 꽉 졸라맨 몸은 안의 세 겹, 바깥의 세 겹으로 빈틈없이 덮어 가린 옷에서 점차 해방되었다……. 지난 세기의 전환기에, 중국 여성은 마침내 가냘픈 어깨와 싸매진 가슴, 똑바로 설 수 없는 '동아병부(東亞病婦)'의 형상에서 벗어나, 건강한 신체와 자신감 넘치는 마음으로 현대 여성의 대열로 들어섰다. 우리가 보기에, 형상 그 자체는 그저 외부의 형상적 변화일 뿐 이미 풍부한 역사적 함의를 지니고 있다.

이와 같은 구상에 근거하여, 우리는 관련자료를 함께 수집함과 동시에, 여러 신문잡지에서 보지 못했던 사진이나 그림 등을 보완·수집하여 여러 차례 선별작업을 진행했다. 이 과정에서 우리는 많은 벗들의 도움을 받았다. 어떤 이는 우리의 요청에 따라 관련 시기의 기념사진을 제공하고, 어떤 이는 가족의 소장품을 찾아 우리에게 제공함으로써 역사의 발자취를 찾도록 해주었으며, 또 어떤 이는 우리를 대신하여 관련된 인사에게 연락을 취하기도 했다. 한동안, 우리들 '어머니와 할머니'의 몸과 외형을 회고하고 발굴하며 찾아내는 일이 벗들 사이의 중요한 연락사항이 되었다. 여기에서 또한 이 책의 책임편집자인 뤼웨이웨이(呂唯唯)에 대해 이야기해야겠다. 그는 이 책의 편집을 위해 수고를 마다하지 않고 우리에게 많은 직접적인 도움을 주었을 뿐 아니라, 그의 벗의 벗까지 소개하여 관련된 기술문제를 해결하도록 도움을 주었다. 벗들의 이러한 도움이 없었더라면, 이 책은 지금의 이 모습을 갖출 수 없었을 것이고, 내용도 필경 훨씬 초라했을 것이다. 최근 이태 동안의 작업을 통해 마침내 이 책이 출판되었기에, 이 기회를 빌어 도움을 준 모든 벗들에게 진심으로 감사의 인사를 드린다. 마지막으로 주하이(珠海)출판사의 기백과 안목에 감사드린다. 이 책의 출판에는 투입해야 할 것이 많았으나, 일단 출판을 결정하자 출판사는 온힘을 기울여 주었다.

우리는 이 책이 독자들과 연구자들의 흥미를 불러일으킬 수 있기를 바란다. 다만 자료수집의 어려움과 우리 스스로의 학식의 한계로 말미암아 다방면의 노력을 기울였음에도 여전히 부족하고 합당치 못한 부분이 많으리라 생각한다. 독자 여러분의 질정을 삼가 바란다.

2001년 8월

리쯔윈(李子云)

역자 후기

유난히 길었던 2010년 여름의 기세도 태풍 앞에 한풀 꺾인 듯하다. 강풍으로 쓸려 간 여름 끝자락에 한낮의 태양은 한번쯤 그 위세를 과시라도 하듯 제법 타는 듯한 열 기를 내뿜는다.

한 지인의 선물로 이 책을 받아들고서 신선한 느낌을 받았던 그때도 더운 여름날 이었다. 벌써 해를 넘겨 이제 이 책의 출판을 눈앞에 두고 있다. 처음으로 책장을 넘 기면서 시선을 사로잡는 다양한 화보와 사진들로 상당히 흥미로웠던 기억이 새삼 선 명하다. 그간 간간이 접했던 사진들도 전혀 없었던 것은 아니지만, 시대마다 다양한 볼거리를 수집하여 책으로 펴낸 엮은이들의 정성과 노력이 참으로 가상했다.

역자 역시 중국 현대 여성에 관련된 작품과 이론을 꾸준히 접해오면서 이래저래 다양한 책들을 보아왔다. 깨알 같은 활자로만 만나는 중국의 여성들 이야기는 나의 상상 속에서만 역동적인 모습으로 다시 태어나곤 했다. 가끔은 여성 형상들을 상상 속에 그려보기도 하면서 말이다. 또한 논의의 대상이 되었던 것도 대부분 역사적 의 의나 사회적 메시지 등을 중심으로 한 거시적 담론들이 주류였다.

그런데 『렌즈에 비친 중국 여성 100년사』는 100여 년간의 여성들의 복장과 헤어스 타일, 장식물 등을 통해 그 시대를 살아간 여성들의 의식과 시대적 의의를 충분히 체 감하게 해주었다. 그간 여성들이 입었던 옷은 단순한 옷이 아니요, 그녀들의 치장과 스타일의 변화는 단순한 오락거리가 아니었던 것이다. 치파오 길이의 변화에 따라, 소매 폭의 너비에 따라, 또 스커트와 바지 사이에서, 단발과 파마머리 사이에서, 그들 속에 살아 움직이는 시대를 향한 외침이 고스란히 녹아들어 있던 것이었다.

역자는 그 매력에 이끌려 일부 내용을 대학원 학생들에게 소개했고, 함께 감상하 면서 이해가 부족한 부분은 화보와 사진으로 대신하였다. 이것은 충분한 문화거리이고 예술거리이다. 거창하고 엄숙하게 전시된 문화예술품만이 그 시대를 대변하는 것이 아니라, 그 시대 여성들이 즐겨 입고 즐겨 취했던 취미와 치장들도 그 시대를 이해하는 중요한 문화적 척도가 됨을 새삼 깨닫게 되었던 것이다.

　이제 탈고를 하면서 다시 한 번 여유롭게 화보들을 들여다본다. 100여 년의 여성 이미지가 한눈에 들어온다. 독자들이 이 책을 만나면서 좀 더 유쾌하고 명쾌하게 중국 100년간의 여성들과 호흡할 수 있을 것 같아 다소 설렌다. 좋은 해상도의 화보로 다가가기 위해 애쓴 편집자들과 책이 출판되기까지 수고하신 모든 이들에게 감사하다. 한편 책 출판에 앞서 두려운 마음도 없지 않아 있다. 부족한 부분에 대한 많은 독자들의 질정을 부탁드린다.

2010년 9월 완산골에서
역자 김은희

부록

여성 형상과 사회변천의 중대사 기록

1840년 중국과 영국 간에 아편전쟁 발발.

1842년 영국과 맺은 「난징조약」의 규정에 따라, 상하이, 닝뽀(寧波), 푸저우(福州), 샤먼(廈門), 광저우(廣州) 다섯 곳을 통상항으로 개항.

1843년 11월 17일, 상하이를 개항.

1844년 기독교런던회는 '동방여자교육회'에서 알더세이 여사(Miss Aldersey)를 파견하여 닝뽀에 중국 최초의 여학교를 설립했다.
사진기술이 중국에 전파되었다. 양광총독 겸 5개항 통상대신인 치잉(耆英)이 마카오에서 프랑스 사신 Theodore de Lagrene(拉厄尼)와 담판하여 조약을 맺을 때, 이탈리아, 영국, 미국 등의 관원들에게 사진을 나누어주었고, 이를 조정에 다음과 같이 보고했다. "서양 사람들이 소신에게 사진을 달라고 하여, 모두에게 나눠 주었습니다."

1850년 미국 공리회(Congregational Church)의 선교사 브릿지먼(Elijah Coleman Bridgeman)의 부인 그란더(Grande)가 상하이 바이윈관(白雲觀)에서 상하이 역사상 최초의 여학교인 삐먼여숙(裨文女塾)을 설립했다. 이 여숙은 1882년에 삐먼여자중학으로 개명했으며, 쑹칭링과 쑹메이링이 이 학교의 학생이었다.
상하이조계 내에서 처음으로 사교무도회가 열렸다.

1854년 처음으로 외국자본의 백화점이 상하이에 들어섰고, 대량의 일용품이 상하이에 밀려들어왔다.

1858년 「톈진조약」의 규정에 따라, 톈진·한커우(漢口)·쥬쟝(九江)·전쟝(鎭江)·난징 등 국내 11곳을 대외 통상항에 포함시켰다.

1859년 감리교가 푸저우에 기숙형의 위잉여숙(毓英女塾)을 세웠다.

1860년 천주교의 출판기구인 투산완(土山灣) 인쇄소가 상하이 쉬쟈훼이(徐家匯)에 세워짐과 동시에, 석판 인쇄기술이 수입되었다. 처음에는 종교서적을 전파할 생각이었으나, 곧바로 중국인들은 이곳에서 기타 출판물을 인쇄했다. 상하이와 광저우 등지에 외국인이 연 사진관이 생겼다.

푸젠(福建) 사람 주(祝)씨 형제가 합자하여 고급비단전문점 '계푸(介福)'를 열었다. 후에 다른 사람이 경영권을 넘겨받아 '라오계푸(老介福)'로 개칭했다.

1861년 쯔린(字林)양행이 상하이 역사상 처음으로 중국어 신문 〈상하이신보(上海新報)〉를 창간했다.

1867년 천주교가 상하이에 충더(崇德)여교를 열었다.

1868년 자칭 '깡자이주런(剛齋主人)'이라는 문인의 주도로 근대 상하이 최초의 화방(花榜:문인들이 당시 예기들의 미모를 평가하여 서열을 매긴 것)을 내놓았다. 명기 리챠오링(李巧玲)이 '장원'의 영예를 얻었다.

1872년 영국인 메이저(Ernest Major)가 〈신보(申報)〉를 창간했다.

1875년 톈진에 몇 군데의 사진관이 생겼는데, 여우량스타이(有梁時泰)사진관, 항창(恒昌) 사진관 등이 유명했다.

1876년 이허(怡和)양행이 중국 최초로 길이 30화리(華里:1화리는 500미터에 해당함)에 달하는 철로, 즉 쑹후(淞滬)철로를 건설했다.

1880년 중국 최초로 '훠졘하오(火箭號)' 기차가 출현했다.

1881년 미션스쿨의 여학생 쩐야메이(金雅妹)가 미국 선교사의 경제적 원조로 미국으로 건너가 의학을 공부했다. 1885년에 졸업한 그녀는 1888년에 귀국한 뒤, 평생토록 의료계에서 봉사했다.

덴마크의 Great Northern Telegraph 회사에서 상하이 최초의 전화교환소를 세웠다.

1884년 화가 우여우루(吳友如)가 주관한 석인본화간(石印本畵刊) 〈점석재화보(點石齋畵報)〉가 창간되었다. 화보에는 시사, 사회생활 및 과학발명 등의 내용이 주를 이루었다.

지금의 상하이 타이싱루(泰興路), 난징시루(南京西路) 남쪽에 위치한 장웬(張園)이 외부에 개방되었다. 쟝웬은 원래 영국의 상인이 현지 농민에게 땅을 세내어 지은 화원주택이다. 1882년에 우시(無錫) 출신인 장수허(張叔和)가 사들여 웨이춘웬(味蒓園)이라 이름지었는데, 화원 주인의 성을 따라 장웬이라고도 일컬었다. 장웬에서 가장 이름난 곳은 서양식 건축물인 안카이띠(安塏地)이다. 장웬에는 빼어난 원림 외에도 극장, 전기실, 사진실, 테니스장, 식당과 무도장 등이 지어져 있다. 이곳은 만청 시기 상하이의 가장 중요한 휴양지였으며, 만청의 기녀들이 늘상 출입하던 곳이기도 하다. 풍기가 점차 개방되면서 일반 여성들도 때로 드나들었다.

1892년 미국 감리교 선교사와 미국 남방의 부녀감리회 여성 선교사가 설립한 상하이 중시여숙(中西女塾)이 문을 열었다.

베이징의 타이펑(泰豊)사진관이 문을 열었다.

1893년 중국 근대의 신문잡지계 가운데 〈신보〉와 어깨를 나란히 했던 〈신문보(新聞報)〉가 상하이에서 창간되었다. 처음에는 외국의 자본이었으나, 나중에 중국 자본으로 바뀌었다.

1895년 선교사 티모시(Richard Timothy)의 부인을 비롯하여 상하이에 거주하는 외국 여성 10명이 천족회(天足會)를 결성했다.

1896년 8월 11일, 프랑스인이 상하이 쉬웬(徐園)의 여우이촌(又一村)에서 처음으로 '서양 그림자극'을 상영함으로써, 영화가 중국에 들어왔다.

1897년 2월, 상무인서관(商務印書館)이 세워졌다. 처음에는 인쇄를 위주로 하다가, 나중에는 출판을 겸했다.

량치차오(梁啓超)와 탄쓰퉁(譚嗣同)이 발기하여 '부전족회(不纏足會)'를 조직하고, 본부를 상하이에 두었다. 이 모임의 규정에 따르면, 회원은 딸에게 전족을 시켜서는 안 되며, 아들에게 전족한 여자를 아내로 맞아들여서도 안 되며, 이미 전족한 이는 모두 전족을 풀어주도록 했다.

리보웬(李伯元) 등이 주편한 〈유희보(游戱報)〉가 정식으로 창간되었다. 이 신문에는 화방을 두어 기녀를 평가·선발했다.

1898년 6월 11일, 광서제(光緒帝)가 유신파의 캉여우웨이(康有爲), 량치차오 등의 주장을 받아들여 변법을 실행하도록 명했다.

당시 전보국 국장을 역임하던 징웬산(經元善)은 중국인 최초의 여학교, 즉 쩡정여숙(經正女塾)을 창립했는데, 꾸이수리(桂墅里)여학당이라고도 일컬었다. 이후 중국인이 세운 다양한 여학교가 잇달아 출현했다.

1900년 8국 연합군이 베이징성을 압박해오자, 청나라 정부는 이듬해 「신축조약(辛丑條約)」을 체결했다. 외국 상인이 상품 선전을 위해 들여온 달력광고가 상하이에 출현하기 시작했다.

1902년 영화가 베이징에 전해지고, 외국인 상인들이 베이징 치엔먼(前門) 밖의 '푸서우탕(福壽堂)'을 세내어 '서양그림자극'을 방영했다. 상무인서관에서는 편역소를 만들어 교과서를 편찬하고 외국의 유명한 저서를 번역·출관하기 시작했다.

차이웬페이(蔡元培) 등이 발기하여 상하이 애국여학교를 창립했다. 여성해방을 선전하는 〈여보(女報)〉가 상하이에서 발간되었고, 이후 〈여학보(女學報)〉로 개명되었다.

같은 해 6월, 〈대공보(大公報)〉가 톈진에서 창간되었다.

1903년 자희(慈禧)태후가 이듬해의 70세 탄신 경축행사를 준비하기 위해 30종의 사진을 찍었다.

헝가리인 린츠(Leinz)가 유럽에서 자동차 두 대를 상하이로 가져와, 중국에서 차량을 소유한 첫 번째 사람이 되었다.

1904년 감호여협(鑒湖女俠) 치우진(秋瑾)이 일본으로 건너갔다.

1905년 중국동맹회가 동경에서 창립되었다. 치우진은 지도자층 가운데 유일한 여성이었다.

후난성(湖南省)에서 중국 최초로 관비 여유학생을 파견했다.

1906년 톈진에 도시순환전차가 만들어졌다.

1907년 치우진이 상하이에서 〈중국여보(中國女報)〉를 간행하여, 여권을 제창하고 혁명을 선전했다. 같은 해 7월 15일, 치우진은 사오싱(紹興) 쉔팅커우(軒亭口)에서 희생당했다.

중국 최초의 영화관인 핑안(平安)영화공사가 베이징 창안제(長安街)에 세워졌다.

이곳은 외국 상인에 의해 경영되었다.

1908년 상하이 법조계 공동국(公董局 : 프랑스 조계 안의 행정당국의 명칭)에서 프랑스공원[지금의 상하이 푸싱(復興)공원]을 건설하기로 계획했다. 스페인 상인인 라모스(A.Ramos)가 홍커우(虹口) 하이닝루(海寧路), 자푸루(乍浦路)에 아연도금철판으로 250명을 수용할 수 있는 홍커우대극장을 건설했다. 이후 하이닝루와 베이쓰촨루(北四川路)에 750명을 수용할 수 있는 화려하고도 웅장한 빅토리아(Victoria)극장이 건설되었다.

쑹칭링이 상하이 중시여숙을 졸업한 후 동생 쑹메이링과 함께 미국으로 유학을 떠났다.

1911년 10월 10일, 신해혁명이 일어났다.

중국 역사상 최후의 봉건왕조가 무너짐에 따라, 사회에서는 변발을 자르고 복식을 바꾸는 조류가 유행했다. 여성 형상에도 커다란 변화가 일어나, 머리장식을 없애고 전족을 폐지하는 일이 유행했다.

영미담배회사가 옵셋인쇄기를 들여오자, 상하이에서 달력 등의 광고를 인쇄할 수 있게 되었다. 이후, 상하이파(海派) 화가 정만투어(鄭曼陀)는 달력그림을 제작할 때, 새로운 찰필담채법(擦筆淡彩法)을 개발했고, 이로부터 이 화법이 달력광고화의 주요 기법이 되었다.

1912년 쑨중산(孫中山)이 이끄는 국민정부가 전국에 전족 금지의 명령을 통지했다.

같은 해, 가장 유행하던 여성 복장은 '문명신장(文明新裝)'과 모던 드레스로 불리던, 짧은 상의에 바지를 맞춰 입는 스타일이었다.

1913년 쑹칭링이 미국 웨슬리언(Wesleyan)여자학원을 졸업했다.

외국 상인이 상하이에 후이뤄(惠羅)공사를 창립했다.

1914년 상하이의 공공조계 공부국(工部局)에서 자오펑(兆豊)공원을 열었다.

무궤전차가 상하이에 출현했으며, 영국 상인 상하이전차공사에서 먼저 사용했다.

이 해에 칭화(淸華)대학에서 2년마다 여학생 10명을 선발하여 미국으로 유학을 보내기 시작했다. 1914년부터 1923년까지 모두 여자 유학생 38명을 파견했다.

제1차 세계대전이 일어났다.

1915년   천뚜슈(陳獨秀)가 주편한 〈청년잡지(青年雜志)〉가 창간되었고, 1916년 2권 1호부터 〈신청년(新青年)〉으로 개명되었다.

영미담배회사가 상하이 푸둥(浦東)에 미술학교를 세우고, 전문적으로 홍보인력을 양성했다.

류하이쑤(劉海粟)가 주관하는 상하이 미술전문학교가 처음으로 나체모델을 채용하여 스케치했으며, 이로 인해 대파란이 일어났다.

1917년   상하이에서 처음으로 화교가 환치우(環球)백화점을 열었다. 백화점을 개막한 후 우선 화장품 판매점 등을 설치하였으며, 유례없이 여자 점원을 고용했다.

상하이에 중국인이 처음으로 개설한 여자양장점 '홍샹스좡공사(鴻翔時裝公司)'가 탄생했다.

상하이 신세계연예장에서 다시 한 번 '화국(花國:화류계)선거'를 거행했으며, 우승자를 '화국대총통'이라 일컬었다.

난양(南洋)형제담배회사가 상하이에 공장을 설립하여, 상하이 화교기업의 거두가 되었다.

1918년   융안(永安)공사의 6층 빌딩이 개막식을 가졌다.

상하이 부호의 여성 6명이 아이원이루(愛文義路)에서 규모가 제법 큰 여학생 구락부를 열었다.

1919년   5월 4일, 베이징 학생 3,000여 명이 천안문 앞에서 집회를 열어, 영국·프랑스·미국·일본·이탈리아 등의 제국주의의 침탈에 항의하는 한편, 북양정부가 중국 주권을 침해하는 조약을 체결한 것에 반대했다. 전국 규모의 5·4운동이 일어났다.

6월, 상하이 노동자가 파업을 하고, 상인들은 철시했으며, 학생들은 동맹휴교를 했다. 이는 이레 동안 연일 계속되어 전국을 진동시켰다. 5·4운동 당시, 전국에는 모두 3곳의 여자대학, 즉 베이징 화베이셰허(北京華北協和)여자대학(후에 옌징여자대학으로 개명), 푸저우 화난(福州華南)여자대학(후에 화난여자문리학원으로 개명)과 난징의 진링(金陵)여자대학이 있었으며, 중국 역사상 최초로 현대의식을 지닌 여작가군이 등장했다.

같은 해 5월, 란저우(蘭州) 여자 덩춘란(鄧春蘭)이 북경대학 총장 차이웬페이에게 편지를 보내, 대학에서 여성에 대한 입학금지를 폐지하여 남녀가 한 학교에서 공부할 수 있도록 해달라고 요청했다.

1920년   2월, 덩춘란 등 8명의 여학생이 북경대학 문과의 방청생이 되었다.

1920년대부터 달력 광고가 크게 유행했다. 상하이에 전문적으로 달력 광고를 디자인하는 '츠잉화실(稺英畫室)'이 세워졌다. 화실에는 수십 명의 회원이 있었으며, 서로 분업하여 일을 처리했다. 작품의 풍격이 참신하고, 물류가 신속하여, 신용과 명예가 높았다. 제조업자, 출판업자, 인쇄업자 등이 작품을 얻고자 하여 화실은 전성기를 누렸다. 매년 80여 장의 달력 광고화를 그려야했으며, 전국이나 해외 각지로 팔려나갔다.

후쑹(滬淞)철로에 처음으로 증기기관차가 출현했다.

상하이 미술전문학교 서양화과에 여자 나체모델을 고용하여 사생함으로써, 다시 한 번 대파란을 불러일으켰다.

1921년   창청(長城)그림회사가 미국 뉴욕에 창립되었다.

1922년   밍싱(明星)영화유한공사가 세워졌다.

1923년   1월 23일, 상하이 최초의 무선방송국, 즉 꽝뚱루(廣東路) 따라이양행(大來洋行) 옥상에 건설된 오방스(奧邦斯) 방송국이 방송을 시작했으며, 여자 아나운서가 출현했다. 무선방송의 개통으로 누구나 다 아는 인기가수가 배출되었는데, 예를 들면, 왕런메이(王人美)·바이홍(白虹)·꿍치우샤(龔秋霞)·바이꽝(白光)·저우쉔(周旋)·한징칭(韓菁淸) 등은 영화와 노래 두 방면의 스타들이다.

1924년   상하이에 노천영화관이 등장했는데, 바쯔루(靶子路)에 '샤오샤(消夏)영화관'과 '성챠오즈(聖喬治)노천영화관' 등이 있었다.

창청그림회사가 상하이로 옮겨왔다.

여작가 뼁신(冰心)이 미국의 웨슬리안여자대학 대학원으로 유학을 떠났다.

1925년   톈이(天一)영화회사가 창립되었다.

1924년에 창립된 따중화(大中華)영화회사와 바이허(百合)영화회사가 통합되었다.

1926년 상하이에 또 하나의 대형 백화점인 신신공사(新新公司)가 문을 열었다.

상하이 칭롄사(上海靑聯社)가 가난한 아동들의 무료 진료를 위해 의상패션쇼를 열었다.

긴 조끼와 짧은 윗도리가 합쳐져, 개량 치파오의 최초 스타일을 만들었다.

상하이 홍커우(虹口)의 신중앙 대극장에서 미국의 유성단편영화 〈Deforest's phonofilm〉를 방영했는데, 이로써 유성영화가 중국에 수입되기 시작했다.

1927년 쑹칭링이 자잘한 무늬의 치파오 차림으로 한커우(漢口) 국민정부 열병식에 나타났다.

쑹메이링과 쟝제스가 상하이에서 서양식 혼례를 성대하게 치렀다.

상하이 사교계의 스타 탕잉(唐瑛) 등은 윈상(云裳)패션공사를 공동으로 경영했다.

1928년 진링여자대학을 졸업하고 미국에 유학하여 생물학 박사가 된 우이팡(吳貽芳)은 귀국 후 진링여자대학 총장이 되었다.

1929년 상하이 중국지계의 전화국이 단계적 자동전화 장치를 설치했다. 상하이 올림픽영화관에 유성영화 방영을 위한 음향시설을 배치하고, 처음으로 미국의 유성장편영화 〈비행장군(飛行將軍)〉을 방영했다.

여성 의학자 양충루이(楊崇瑞)가 베이핑(北平)국립제일조산학교와 부속 출산원을 세웠다.

1930년 상하이에서 대규모의 '명원(名媛) 선거'를 거행했다. 1등은 융안(永安)공사의 귀씨 집안의 큰 아가씨 궈안츠(郭安慈)였으며, 그녀는 '상하이아가씨'라는 호칭을 얻었다.

미국 상인의 상하이전화공사가 세워져, 조계 내의 전문 경영권을 가져갔고, 아울러 자동전화를 설치했다. 롄화(聯華)영업공사가 창립되었다.

상하이가 개항된 이래 최초의 교외 리조트인 리와리탄(麗娃麗坦)이 문을 열었다.

1931년 〈대미만보(大美晩報)〉의 '광고의 꽃'인 정줴페이(鄭覺非)가 '대중여자아파트'를 설립했다.

1932년	1930년대에 또 하나의 호화극장 궈타이(國泰)영화관이 지어졌다.

1930년대에는 미국의 할리우드 영화와 영국, 프랑스 영화가 대량으로 상하이에 수입되었다. 아시아의 '록시(ROXY : 당시 미국에서 가장 호화로운 영화관)'라고 일컬어지는 난징대극장과 100여만 원을 투자하여 개조한 신따꽝밍(新大光明)영화관 및 올림픽, 엠파이어, 궈타이(國泰) 등의 일류 영화관이 있었으며, 한 해 동안 방영하는 서양영화도 거의 400편에 이르렀다. 할리우드의 스타 여배우가 입는 패션의상은 영화배우와 도시 모던여성들이 모방하던 대상이었다.

'원동제일부(遠東第一府)'라 일컬어지던 바이러먼(百樂門) 무도장이 세워졌다. 무도장의 플로어는 당시 보기 드물게 스프링 마루와 유리 마루로 깔려 있었다.

텐진에서 '텐진아가씨' 선발이 거행되었는데, '텐진아가씨'로 뽑힌 사람은 백러시아계의 후예였다.

1933년	〈명성일보(明星日報)〉에서 '영화황후'를 선발했는데, 후데(胡蝶)가 21,334표로 뽑혔다.
1934년	상하이에 또 하나의 대형 백화점 따신(大新)공사가 문을 열었다.
1935년	3월 8일, 영화 스타 완링위(阮玲玉)가 "사람들의 말이 두렵다"라는 말을 유언으로 남긴 채 수면제를 먹고서 자살했다. 여성 실업가 뚱주쥔(董竹君)이 상하이에 유명한 진쟝촨(錦江川)음식점을 열었다.

국민당 원로 장찡쟝(張靜江)의 딸 장이잉(張藝英)과 융안공사 궈씨의 딸 궈완잉(郭婉瑩) 등이 상하이에 진니(錦霓)복식공사를 차렸다.

1936년	텐진에서 또 한 차례 '텐진아가씨' 선발이 거행됐다.
1937년	독일 국적의 유태인 리시나(立西納)가 상하이에 'Bong Street(朋街)'를 설립하여 전문적으로 양장을 제작하고, 매년 봄과 가을에 패션쇼를 했다. 전후에 주인이 바뀌었다.

7월 7일, 일본군이 완핑청(宛平城)과 루꺼우챠오(蘆溝橋)를 포격하자, 중국 군대가 분연히 일어나 항전하여 '7·7사변'이 일어났다.

8월 13일, 일본군이 상하이를 침공하여 '8·13사변'이 일어나고, 중일간에 전면전이

벌어졌다. 11월, 상하이가 함락되고, 영국·미국·프랑스 등의 상하이 조계는 '고도(孤島)'가 되었다.

1941년   12월 8일, 태평양전쟁이 일어나, 영국·미국·프랑스 등이 잇달아 일본에 대해 선전포고를 하자, 일본군은 조계로 진군하여 상하이 전체를 함락시켰다.

1942년   5월, 중공 중앙은 근거지 옌안(延安)에서 문예좌담회를 열었다. 마오쩌둥은 「연안문예공작자 좌담회에서의 강연」을 발표하여, 문예가 노동자·농민·병사를 위해 복무할 것을 호소했다. 이후, 옌안에서 〈황무지를 개척한 오누이(兄妹開荒)〉, 〈샤오얼헤이의 결혼(小二黑結婚)〉 등의 문예작품과 새로운 형태의 농촌여성 형상이 출현했다.

1945년   8월 14일, 일본정부는 무조건 항복을 선포했다.

1946년   상하이 난민구제회가 쑤베이(蘇北)지역의 수재에 구제금을 조달하기 위해, 미인선발대회를 거행했다. 명문 규수 조와 기타 각 조로 나누었다. 유명한 배우 옌후이주(言慧珠), 뚱즈링(董芷苓)과 가수 한징칭(韓菁淸) 등이 참가했으며, 사교계의 꽃 왕윈메이(王韻梅)가 '상하이아가씨'의 월계관을 썼다. 푸단대학 졸업생이자 상하이 화공원료업 노조회장 셰여우추(謝荍初)의 딸 셰쟈화(謝家驊)는 '상하이아가씨' 이등상을 수상했다.

1949년   9월, 제1차 중국인민정치협상회의가 베이징에서 열렸다. 출석한 유명 여성으로는 허샹닝(何香凝), 쑹칭링, 덩잉챠오, 스량(史良), 뤄수장(羅叔章), 차이창(蔡暢), 띵링, 리더췐(李德全), 쉬광핑(許廣平), 장샤오메이(張曉梅), 쩡셴즈(曾憲植) 등이 있다.

10월, 중화인민공화국이 성립되었다. 쑹칭링이 국가 부주석에 선임되었고, 이후 중대한 정무활동 때에 레닌복과 인민복을 착용했다. 전국의 도시 부녀들도 레닌복과 원피스를 유행 복장으로 삼았다.

1950년   중국과 소련은 모스크바에서 '중소우호동맹상호조약(中蘇友好同盟互助條約)'을 체결했다.

1951년   중공 중앙은 당내와 국가기관 내부에서 '독직에 반대하고, 낭비에 반대하며, 관료주의에 반대'하는 '삼반(三反)운동'을 전개하기로 결정했다.

1952년   전국 상공업계는 '뇌물수수에 반대하고, 탈세에 반대하며, 국가자재의 절도에 반대하고, 노력과 자재를 기준보다 적게 들이는 것에 반대하며, 국가경제정보를 몰래 빼돌리는 것에 반대하는' '오반(五反)운동'을 전개했다.

중공 중앙은 과도기 총노선을 제출하여, 오랜 기간에 걸쳐 점진적으로 국가사회주의 공업화를 실행하며, 점진적으로 국가의 농업, 수공업 및 자본주의 상공업에 대한 사회주의적 개조를 실현하기로 했다.

1956년   1월, 전국의 각 대도시에서 사회주의 상공업의 공사합영(公私合營)을 기본적으로 실현했다.

5월 2일, 마오쩌둥은 문학예술과 학술연구에서 '백화제방(百花齊放), 백가쟁명(百家爭鳴)' 방침을 천명했다.

소련의 최고 소비에트주석 후르시초프가 중국을 방문했다.

소련의 꽃무늬천이 중국 시장에 대량 출현했다.

상하이시 부녀연합회와 미술가협회가 공동으로 의상패션박람회를 주최했다. 박람회에 전시된 패션의상은 동일한 것을 두 벌씩 마련하여, 베이징과 상하이에 각각 한 벌씩 동시에 전시되었다.

1957년   4월, 중공 중앙이 정풍운동에 관한 지시를 발표했다.

6월, 〈인민일보〉에서 관련된 사설의 발표를 계기로, 전국적으로 대규모의 반우파투쟁이 전개되었다.

1958년   5월, 중공 8차 제2중전회(中全會)에서 "많이, 빨리, 좋게, 아껴서 사회주의를 건설한다"는 총노선을 제창했다.

6월, 중국은 루마니아의 수도에서 거행된 제9차 국제의상패션회의에 참가하여, 치파오를 위주로 한 26벌의 의상을 전시했다.

1959년   8월, 중공 8차 제8중전회가 루산(盧山)에서 거행되어, 「펑더화이(彭德懷)를 비롯한 반당(反黨)집단의 착오에 관한 결정」과 「우경기회주의에 반대하는 중공 중앙의 지시」를 발표했으며, 전당적으로 '반우경'운동을 전개했다.

1961년	1월, 중공 8차 제9중전회에서 국민경제의 '조정, 공고(鞏固), 충실, 제고' 방침을 실행하기로 결정했다.
1962년	9월, 중공 8차 제10중전회에서 마오쩌둥은 "절대로 계급투쟁을 잊어서는 안 된다"고 주장했다.
1963년	국가주석 류샤오치(劉少奇)는 인도네시아, 미얀마, 캄보디아와 월남민주공화국 등 4개국을 방문했고, 부인 왕꽝메이(王光美)는 치파오 차림으로 동행했다. 〈인민화보〉 등에 이와 관련된 자료가 실렸다. 영화 〈리솽솽(李雙雙)〉이 제2차 백화장(百花獎)의 최우수 작품상, 최우수 각본상, 최우수 여우상, 최우수조연상을 수상했다.
1964년	하이옌(海燕) 영화제작소의 〈다섯 송이 금꽃(五朵金花)〉, 〈아스마(阿詩瑪)〉, 베이징 영화제작소의 〈이른 봄 2월(早春二月)〉, 톈마(天馬)영화제작소의 〈무대의 자매(舞臺姉妹)〉 등의, 여성 형상이 분명한 영화가 등장했다.
1965년	11월, 〈문회보(文匯報)〉에 야오원웬(姚文元)의 글 「신편역사극'해서파관(海瑞罷官)'을 평함」이 발표되어 정식으로 문화대혁명의 서막을 열었다.
1966년	5월, 베이징에서 〈지략으로 위호산을 취하다(智取威虎山)〉, 〈홍등기(紅燈記)〉 등의 8개의 모범극이 연출되었다. 잡지 〈홍기(紅旗)〉와 〈인민일보〉는 사설을 통해 "경극 혁명의 승리는 프롤레타리아 신문예의 발전에 신기원을 열어주었다"고 격찬했다. 5월 16일, 중공 중앙은 '5·16'통지를 발표하여, "자산계급의 대표적 인물들을 향하여 맹렬하게 발포하자"고 호소했다. 8월 8일, 중공 중앙 8차 제11중전회에서 「중국 공산당의 프롤레타리아문화대혁명에 관한 결정」을 통과시켰다. 8월 18일, 마오쩌둥이 북경의 천안문광장에서 처음으로 홍위병을 접견할 때, 청화부중의 여자 홍위병이 군복 차림에 붉은 완장을 팔에 두르고서 천안문 성루에 올랐다. 11월까지 모택동은 홍위병을 8차례 접견했다.
1967년	5월 28일, 린뱌오(林彪)가 쟝칭(江青)에게 요청한 「부대문예공작자 좌담회 기요(部隊文藝工作者座談會紀要)」의 전문이 신화사(新華社)에 의해 발표되었다.

11월 6일, 〈인민일보〉, 〈홍기〉는 공동으로 「10월 사회주의 혁명이 개척한 길을 따라 전진하자」를 발표하여, 정식으로 '무산계급의 독재아래 혁명을 계속한다'는 이론을 제기했다.

1968년
12월, 마오쩌둥이 "지식청년은 농촌으로 가서, 빈하중농(貧下中農)에게 재교육을 받으라"는 지시를 발표하자, 각지에서 상산하향(上山下鄕)의 열풍이 일어났다. 이후 상산하향에 참여한 지식청년은 모두 1,600여만 명에 이르렀다.

1971년
9·13사건이 발생했다. 린뱌오(林彪)는 쿠데타를 일으켰다가 도망치던 중에 몽고의 온뚜얼한(溫都爾汗)에서 비행기 사고로 사망했다.

1976년
10월, 중공 중앙은 일거에 쟝칭(江靑), 장춘챠오(張春橋), 왕홍원(王洪文), 야오원웬(姚文元)의 '사인방' 반혁명집단을 분쇄했다.

1977년
전국에서 대학입시제도가 부활되었다. 약 570만 명의 청년이 그 해 말의 고등학교 입시에 참가하여, 27만 3천 명의 수험생이 합격했다.

1978년
2월, 전국에서 대학입시제도가 부활된 뒤 첫 번째로 대학생들이 입학했다.

5월 11일, 〈광명일보〉에 '실천은 진리를 검증하는 유일한 기준'이라는 제목의 글이 실렸다. 이후 전국적으로 진리기준에 대한 대토론이 일어났다.

12월, 중공 중앙 11차 제3중전회가 베이징에서 열렸다. 회의에서는 '공작중점을 사회주의 현대화건설로 전환한다'는 전략 정책을 결정하고, '사상해방, 실사구시'노선을 확립했다. 중국은 이로부터 개혁개방의 신시기로 진입했다.

1979년
7월, 중공 중앙 및 국무원은 선전(深圳), 주하이(珠海), 산터우(汕頭), 샤먼(廈門) 등 4곳의 수출특구를 시범적으로 운영하기로 동의하고, 이듬해 5월에 경제특구로 개칭했다.

10월, 제4차 문예공작자대표대회가 베이징 인민대회당에서 개막되었다.

1981년
6월 27일, 중공 중앙 11차 제5중전회에서 「건국 이래 당의 약간의 역사문제에 관한 결의」를 통과시켜, 프롤레타리아 문화대혁명에 대해 결론지었다.

1982년
1월, 중공 중앙은 1981년 12월에 열린 전국농촌공작회의의 「기요」를 비준하여, 농촌에서 실행한 상이한 형식의 생산책임제를 총결했다.

1983년   당시 상하이 부녀연합회 주석을 역임하던 탄푸윈(譚弗雲)이 치파오와 원피스 그리
         고 손으로 짠 외투 차림으로 중국부녀대표단을 인솔하여 그리스와 독일연방을 방
         문하자, 이에 국제사회가 놀라고 의아하게 여겼다. 이탈리아의 〈전경(全景)〉 잡지에
         서는 "중국인은 현재 '푸른 개미'에서 '알록달록한 나비'로 바뀌어가는 중이다"라
         고 평가했다.

1984년   국무원은 톈진, 상하이, 따롄(大連), 친황따오(秦皇島), 옌타이(烟臺), 칭따오(靑島),
         롄윈깡(連云港) 등 14곳의 연해항구도시를 개방하기로 결정했다.
         10월 20일, 중공 중앙 12차 제3중전회에서는 「중공 중앙의 경제체제개혁에 대한 결
         정」을 통과시켜, 도시를 중심으로 하는 모든 경제체제개혁을 가속하기로 결정했다.

1985년   국무원은 창쟝(長江), 주쟝(珠江) 삼각주와 민난(閩南)의 샤먼, 장저우(漳洲), 췐저
         우(泉州)를 연해경제개방지구로 개방하는 것과 관련된 문건을 비준했다.
         6월 29일, 국무원은 샤먼경제특구의 범위를 샤먼(厦門) 섬 전체와 꾸랑위(鼓浪嶼)
         섬 전체로 확대하기로 비준했다.

1986년   국무원은 「외국인의 투자를 고무하는 규정에 관하여」를 공포했다.
         국무원의 학위위원회와 베이징시 인민정부가 박사와 석사학위수여대회를 개최
         했다.
         중국정부는 GATT의 우르과이라운드 회의에서 중국의 회원국 지위를 회복시켜달
         라고 신청했다.

1987년   중국은 제2차 파리국제패션쇼에 참가하여 1면 기사신문을 장식했다. 프랑스 신문
         한 석간에는 1면 가득 중국의 패션모델 사진이 실렸다. 사진에는 '마오쩌둥의 나라
         에서 온 패션'이라는 설명이 붙었다.

1988년   국무원은 「대만 동포가 대륙에 투자하는 것을 고무하는 규정에 관하여」를 제정했
         다.

1992년   1월, 덩샤오핑(鄧小平)은 우창(武昌), 선전, 주하이, 상하이 등지에서 중요한 일련의
         담화를 발표했다. 이를 계기로 중국에는 다시 한 번 개혁을 심화하고 개방을 확대하
         는 풍조가 일었다.

1993년	11월, 중공 중앙 14차 제3중전회는 「사회주의시장경제체제의 약간의 문제에 관한 중공 중앙의 결정」을 통과시켰다.
1995년	9월, 제4차 세계부녀대회가 중국 베이징에서 열렸다.
	11월, 중국은 세계무역기구(WTO)에 가입을 신청했다.
1997년	7월 1일, 중국 정부는 홍콩의 주권을 회수하여 홍콩을 귀속시켰다.
	홍콩의 귀속을 계기로, 전국의 모든 대도시에서 치파오 열풍이 불고, 세계패션쇼 무대에서도 '동양적 분위기'가 유행하기 시작했다.
1999년	9월 27일부터 29일까지의, 중화인민공화국 50주년 경축일 전야에, 미국 〈포춘(The Fortune)〉의 글로벌 논단은 상하이에서 '중국:미래 50년'이라는 주제로 연례회의를 거행했다.
	11월 15일, 중국과 미국은 중국의 WTO 가입에 대해 협의했다.
	12월 20일, 중국 정부는 마카오의 주권을 회수하여 마카오를 귀속시켰다.
2000년	3월, 제51차 베를린영화제에서 장이머우(張藝謀)가 감독한 〈나의 어머니 아버지(我的父親母親)〉가 은곰상을 수상하고, 여배우 장쯔이는 패션의상을 입고서 장이머우와 함께 상패를 받쳐 들었다.
	10월, 영화배우 꿍리는 유엔사무총장 코피 아난(Kofi Annan)에게서 훈장을 받고, 국제연합식량농업기구(FAO)의 대사로 임명되었다.
	12월, 국제축구연맹(FIFA)의 선정을 통해, 중국 여자축구 스타 쑨원(孫雯)은 '세계축구아가씨'라는 칭호를 받았다. 그녀와 함께 선정된 선수는 미국의 여자축구 노장 미셸 에이커스(Michelle Akers)이다. 국제축구연맹 회장인 블래터(Joseph S. Blatter)가 직접 쑨원에게 상을 수여했다.
2001년	세계무역기구는 11월 9일부터 13일까지 카타르의 수도 도하(Doha)에서 제4차 회의를 거행했다. 이 회의에서 중국의 세계무역기구의 가입이 통과되어, 중국은 정식으로 세계 속으로 뛰어들게 되었다.

지은이

리쯔윈 (李子云)

1930년 북경 출생, 상하이 복단여자문리학원 졸업, 1950년대부터 작품 발표 시작.
평론집 『淨化人的心靈』, 『昨日風景』, 산문집 『遠事和近事』 등

천후이펀 (陳惠芬)

중국현당대문학 및 성별문화 연구자.
저서 『神話的窺破』, 『當代女性生活熱点20問』 등

청핑 (成平)

『我奐你中国』 人民出版社을 主編함.

옮긴이

김은희

이화여자대학교 중어중문학과를 졸업하고 서울대학교 중어중문학과에서 중국현대문학을 전공하
였으며, 현재 전북대학교 중어중문학과 교수로 재직하고 있다.
논문 : 「1920년대 중국 여성소설 연구」(1993), 「1940년대 여성소설의 일면」(2004), 「5·4신문화운동기
중국의 신여성 연구」(2009) 등 다수.
저·역서 : 「신여성을 만나다」(2002), 「중국현대여성소설명작선」(2005), 「중국현대여성작가작품선」
(2006), 「양계초 중화유산의 빛」(2008) 등 다수.

렌즈에 비친
중국 여성 100년사

초판 1쇄 발행일 2011년 2월 28일

지은이 리쯔윈·천후이펀·청핑
옮긴이 김은희
펴낸이 박영희
편집 이은혜·김미선·성소연
표지 강지영
책임편집 강지영
펴낸곳 도서출판 어문학사
132-891 서울특별시 도봉구 쌍문동 525-13
전화: 02-998-0094 / 편집부: 02-998-2267
홈페이지: www.amhbook.com
e-mail: am@amhbook.com
등록: 2004년 4월 6일 제7-276호

인 지 는
저 자 와 의
합 의 하 에
생 략 함

ISBN 978-89-6184-097-2 03820
정가 23,000원

※잘못 만들어진 책은 교환해 드립니다.

이 도서의 국립중앙도서관 출판시도서목록(CIP)은 e-CIP홈페이지(http://www.nl.go.kr/ecip)와
국가자료공동목록시스템(http://www.nl.go.kr/kolisnet)에서 이용하실 수 있습니다.(CIP제어번호: CIP2011000538)